聖教ワイド文庫——045

池田大作

談

「宇宙」と「人間」のロマンを語る［上］

——天文学と仏教の対話

・ウィックラマシンゲ

聖教新聞社

序文

フレッド・ホイル*

新《あら》たな世紀の到来《とうらい》を目前《もくぜん》にして、今、人類は多くの難問《なんもん》に直面《ちょくめん》している。本書はそうした問題のいくつかを対話形式で考察《こうさつ》したもので、芸術・科学・社会学・宗教など、多種《たしゅ》の分野におよんでいる。対話者は二人の著名《ちょめい》な碩学《せきがく》である。それぞれの考え方や見方《みかた》にはしばしばかなり大きな隔《へだ》たりが見られるが、結果的には意見が一致《いっち》している。それは一つには二人が論理《ろんり》を尽《つ》くし、論議《ろんぎ》を十分に交《か》わしたからであり、いま一つには両者が仏教という共通の文化的遺産《いさん》をもっているからである。

二十世紀が科学に支配された世紀であることは、だれが見ても明らかである。科学は長足《ちょうそく》の進歩をとげた。とくに今世紀《こんせいき》前半についてそのことがいえる。科学・技術のおかげで私たちの生活は一変してしまった。その変化の度合《どあ》いは、ほんの五十年前にすら想像もできなかったほどである。今日《こんにち》でも新《あら》たな発見が次々となされ、科学専門誌には事実にもとづく大量の、きわめて複雑《ふくざつ》な情報が相変《あいか》わらず満載《まんさい》されている。だが注目《ちゅうもく》に値《あたい》することが一つある。科学的事実の探求《たんきゅう》が、切手収集的な性格をおび始めているということである。つまり、科学者たちは哲学することをますます嫌《きら》うようになり、旧来《きゅうらい》の概念《がいねん》を評価《ひょうか》しなおしたり修正《しゅうせい》したりすることを、ますますいやがるようになっているのである。

二十世紀初頭《しょとう》には科学と哲学とは不可分《ふかぶん》の関係にあった。事実、イギリスの中でも歴史の古い大学では、科学のことを自然哲学と呼んでいたくらいである。二十世紀末の現在、科学と哲学はたもとを分かったかの感があるが、これは双方《そうほう》にとって大きな損失《そんしつ》である。科学がその失《うしな》われた活力を取《と》り戻《もど》そうとするのであれば、現在のような態度《たいど》を改《あらた》めることが必要となろう。

十九、二十世紀の科学・技術はヨーロッパの文化に深く根ざしていた。ところが現在では東洋の、なかんずく日本の文化が、科学面・産業面にますます大きな影響《えいきょう》をおよぼし始めている。本書の対話が実証《じっしょう》しているように、アジアの歴史の古い諸哲学は、二十一世紀に現出《げんしゅつ》するであろう科学文化のなかで重要な役割《やくわり》を演じることになろう。

過去数千年間に数多くの宗教・哲学が出現した。それらの思想体系《たいけい》のなかで、科学に最大の影響《えいきょう》をおよぼしたのがキリスト教であることは疑《うたが》いの余地《よち》がない。そうした影響力は、この宗教の創始者《そうししゃ》の見解《けんかい》に由来《ゆらい》するものではない。その淵源《えんげん》は後になってから加《くわ》えられた諸見解なのである。その大部分は西暦《せいれき》五〇〇年ころに形成された。これらの見解は次のようなものである。「何事もこの地球上で起こることは、地球の外側の宇宙で起こる出来事といかなる関係もありえない。ただし、あのありがたい太陽熱だけはもちろん別である」。事実、中世においては宇宙は固定したものであり、天空は不変《ふへん》であると考えられていた。これに少しでも異論《いろん》を唱《とな》える者は恐《おそ》ろしい刑罰《けいばつ》に処《しょ》せられた。紀元一〇五四年に*超新星《ちょうしんせい》が現れた。中国の記録によると、この星は数週間にわたって金星以上の光度《こうど》で輝《かがや》きつづけたということである。ところが驚《おどろ》くべきことに、ヨーロッパではこの事実をあえて記録しようとする者はだれ一人いなかったのである。太陽についても同様である。太陽は非《ひ》の打ちどころがないものと考えられていた。したがって、条件さえととのえば大きな太陽黒点《こくてん》を容易《ようい》に観察《かんさつ》することができたにもかかわらず、黒点に言及《げんきゅう》することは許《ゆる》されなかった。いわゆる肉眼《にくがん》でも見える黒点を幾世紀《いくせいき》にもわたって何億という人々が目にしたはずであるのに、黒点に関する記録は一切現存《げんそん》しない。

キリスト教のような時代に逆行《ぎゃっこう》する宗教が科学の発達を促進《そくしん》したということは、かなり不思議《ふしぎ》に思えるかもしれない。だがそれは事実である。外部からの影響《えいきょう》とは無関係に解《と》くことのできる科学的な問題は数多く存在する。そうした、いうなれば「閉《と》じた箱」の中の問題は概《がい》してごく単純《たんじゅん》な問題ばかりである。したがって、それらの問題に注意を集中するのはきわめて当然のことと考えられた。その結果、単純な問題のほうは次々と解かれていった。しかしその一方で、外部からの影響と密接《みっせつ》な関係のある、より難解《なんかい》な問題は、文化的・宗教的考慮《こうりょ》という重苦《おもくる》しい制約《せいやく》のゆえに、「立入禁止」とみなされるようになった。つまり科学は、キリスト教の教義《きょうぎ》によって、解答を得ることがきわめて容易な部分、すなわち急速《きゅうそく》に進歩する見込《みこ》みがいちばんありそうな部分にのみ注意を集中するよう強《し》いられたのである。成功はこのようにして得られたのであるが、一言いわせてもらえば、知的な見地《けんち》からそれはまず成功と呼ぶに値《あたい》しない。その種《しゅ》の成功のことを本書では＊還元主義的《かんげんしゅぎてき》科学の諸成果と呼んでいるのである。

そうした科学には明らかに不利《ふり》な点がある。それは、還元主義的な態度《たいど》はたしかにこれまで数々の成功を収《おさ》めてきたが、もしそれが改《あらた》められずにつづくとすれば、今度は失敗するだけであろうということである。地球と宇宙全体とのつながりを前《ぜん》提《てい》としないかぎり解決できない問題が数多く存在する。いずれも従来《じゅうらい》の方法論ではいつまでたっても対応《たいおう》・解決ができないであろう。これが今まさに私たちを取りまいている状況《じょうきょう》である。「閉《と》じた箱」の中の問題は事実上すでに底をついているのに、教育の場では「開いた箱」的な考え方をいまだに禁止しているのである。近年、実験による研究がとくに活発に行われているにもかかわらず、科学上の基礎的《きそてき》な発見のなされる速度が目に見えて落ちているのは、まさにそのせいであろう。基礎科学はすでに気力を失《うしな》っている。「閉じた箱」の中には、解決すべき重要な問題はもう残っていないからである。すべて基礎科学の猛烈《もうれつ》なペースに飲みこまれてしまったのだ。今残っているのは「開いた箱」の中の問題だけである。そしてそれを解決するにはこれまでとまったく違《ちが》った考え方が要求《ようきゅう》されるのである。

　こうした現状を示《しめ》す好例《こうれい》が生命の起源《きげん》という問題である。古来《こらい》の文化的抑制《よくせい》によって、この問題は地球という「閉《と》じた箱」の範囲内《はんいない》でのみ検討《けんとう》すべきであるとされている。ところがこの箱の中には、生命の起源に関する解答も生命の進化に関する説明も存在しない。したがって、実験から得られた資料が山ほどあるにもかかわらず、生物分野の諸科学の現状は知的内容の乏《とぼ》しいものであると言ってもさしつかえないであろう。同じことが宇宙論についても言えるのではないかと私は思う。科学の現状は、いわば小さな子どもたちが集まって、少々面倒《めんどう》なジグソーパズルの絵を組み立てようとしているようなものである。ピースのうちのいくつかは、たしかにぴったりとはめこむことができる。それがつまり科学の収《おさ》めた成功として認《みと》められているものである。しかし他のピースは一見《いっけん》そこに合いそうな形をしているものの、ぴったりとははまらない。そのときに子どもたちがよくやるのと同じことを、現代の生物学者、宇宙論者、そしてなんと物理学者までもがやっているように見える。つまり、それらの合わないピースを無理《むり》やり押《お》しこんでしまうのである。したがって無数の小さなすきまが残ることになる。このことからみて、パズルの絵をほんの少しの狂《くる》いもなく組み立てようという試《こころ》みは失敗するであろうと考えてよい。未来を予測《よそく》することは周知《しゅうち》のようにたいへんな冒険《ぼうけん》である。しかし、私はあえてその危険をおかして次のように示唆《しさ》したい。科学は二十一世紀において、ついに「閉《と》じた箱」的考え方から脱《ぬ》け出《だ》すであろう。地球上の出来事と大宇宙内の出来事の間には密接《みっせつ》な関係のあることが認《みと》められるであろう。そして、そこから生じるさまざまな結果は、おそらく科学に広範《こうはん》な影響《えいきょう》をおよぼすだけでなく、哲学にも多大の恩恵《おんけい》をもたらすであろう。

はじめに

池田大作

チャンドラ・ウィックラマシンゲ博士と初めてお会いしたのは、一九八八年八月の、暑さも峠《とうげ》を越した晩夏《ばんか》の午後であった。来日された博士と東京・渋谷で、宇宙と生命について意見を交換《こうかん》したのを懐《なつ》かしく思い出す。博士の簡明《かんめい》で率直《そっちょく》な話しぶりは、まことにさわやかであった。

以来、東京で一回、ロンドン郊外のタプロー・コートで二回、対談を重《かさ》ね、最近では長野県の霧ケ峰《きりがみね》で、本書の出版の打ち合わせを行うなど、親《した》しく懇談《こんだん》する機会をもった。

博士とのご縁《えん》は、博士がイギリスの出版社の依頼《いらい》を受け、私の対談集『生命と仏法を語る』(『池田大作全集 11』に収録)の英語版に、序文を寄稿《きこう》してくださったことに始まる。その後、博士から会見の要望が寄せられ、前記の会談となった。

ウィックラマシンゲ博士は、星間粒子《せいかんりゅうし》と*宇宙塵《うちゅうじん》の有機《ゆうき》理論の先駆的《せんくてき》な研究で世界的に有名な天文学者である。

博士が天文学を志《こころざ》す決定的な動機《どうき》となったのは、祖国スリランカからイギリスの*ケンブリッジ大学へ留学し、そこでフレッド・ホイル博士に出会ったことである。

ホイル博士は、「*定常宇宙論《ていじょううちゅうろん》」を提唱《ていしょう》し、恒星《こうせい》における*化学元素《げんそ》の合成を解明《かいめい》した、世界的な天文学の権威《けんい》である。また『暗黒*星雲《あんこくせいうん》』というSF小説を著《あらわ》すなど、幅広《はばひろ》い活躍《かつやく》をされている。ホイル博士は、自身が教導《きょうどう》する数少ない研究生の中に、ウィックラマシンゲ青年を受け入れてくれたという。

イギリスに渡《わた》った、この青年の胸に今も焼きついて離《はな》れない光景がある。それは、十九歳のとき、ホイル博士といっしょに、少年時代から愛読した*ワーズワースが詠《よ》んだ*湖水《こすい》地方を散策《さんさく》した思い出である。この、青年時代に築《きず》かれた師弟《してい》の絆《きずな》を、ウィックラマシンゲ博士は生涯《しょうがい》大切にし、師弟の共同研究で天文学に独自《どくじ》の道を切り開いてこられたのである。

博士は、天文学と数学を専門とされているが、イギリスの文学はもちろん、スリランカの仏教美術や日本の俳句《はいく》にも深い関心をもち、俳句風の英詩を二冊出版されている。人類と地球の未来に熱き思いをはせ、「今、私たちは何をなすべきか」を思索《しさく》されている。どこまでも科学的な眼《まなこ》をもって事象《じしょう》を見つめる反面、科学の限界《げんかい》にも思いをいたし、〈真理の追究者《ついきゅうしゃ》〉として人生を歩《あゆ》まれているように思う。

その博士が、私との最初の出会いの折に、「ぜひとも対談をつづけましょう」と提案《ていあん》された。私も喜んでお受けした。私は仏教を学び、釈尊《しゃくそん》や日蓮大聖人の説《と》かれた宇宙観・生命観に感銘《かんめい》を深くし、かつ人類の平和と幸福を願い行動してきた人間である。天文学者である博士と語り合うことによって、科学と仏教の接点《せってん》を探《さぐ》るとともに、恒久平和《こうきゅう》への道を展望《てんぼう》することができれば、と考えたのである。

一九九一年六月二十八日、タプロー・コートで博士と会談したときには、幸《さいわ》いにも、博士の恩師《おんし》であるホイル博士も遠路《えんろ》、ご多忙《たぼう》のなか、お見えくださり、楽しく有意義《ゆういぎ》な語らいをもつことができた。そうしたご縁《えん》で、ホイル博士に、この対談集への序文を寄稿《きこう》していただいたことを、心から感謝している。

本書は、現代社会がかかえる諸問題に、結論を提示《ていじ》するものではない。その解決のための一つのアプローチを示《しめ》したにすぎない。本書を手にされた方々が、科学と仏教の知見《ちけん》から、なんらかの示唆《しさ》を得ることができ、東洋の仏教のもつ英知にふれる一助《いちじょ》ともなれば、幸《さいわ》いである。

目次

一、本書は、著者の了解を得て、毎日新聞社発行（一九九二年十一月、九三年五月）の単行本ならびに聖教新聞社発行『池田大作全集　103』（二〇〇〇年五月）に収められた「『宇宙』と『人間』のロマンを語る」を二分冊し、「序文」から第二章までを[上]として収録したものです。

一、対談の発言者の名前を示す部分で、ウィックラマシンゲ博士の名前は、編集の都合上、省略して「博士」と表記しました。

一、引用文のなかで、漢字の旧字体は新字体に改めました。また、読みやすくするために仮名をふり、段落を施した個所もあります。

一、御書の引用は『新編　日蓮大聖人御書全集』（創価学会版）を、（御書　㌻）で示しました。

一、『大正新脩大蔵経』による引用は（大正　巻）で示しました。なお、読みやすくするため、漢文を書き下し文に改め、漢字をひらがなに直したものもあります。

一、＊印を付した人物・事項は、巻末に注解を設け説明しました。

一、編集部による注は（　）内の＝の後に記しました。

「宇宙」と「人間」のロマンを語る

――天文学と仏教の対話

第一章　宇宙と人間

一　詩と科学と

少年時代の感動

池田　私たちの対談は、宇宙というロマンあふれる舞台《ぶたい》がテーマです。天文学の専門家であられる博士と、こうして楽しく有意義《ゆういぎ》に語り合えることをうれしく思います。

博士　この対談は、東と西の文化・哲学・科学の対話ということで、タイムリーな意味をもつと思います。

私は池田先生との対談を大きな名誉《めいよ》と思っております。

池田　私こそ、恐縮《きょうしゅく》です。

まず初めに、私は〈人間学〉の一専門家として、〈人間〉がいかに形成されるかに深い関心をいだいています。博士が天文学への志《こころざし》をもたれたのは少年時代とうかがっていますが、どのような動機からだったのでしょうか。

博士の母国スリランカは、熱帯性で雨期・乾期がはっきりとした気候帯にあります。きっと子どものころに見上げたきらびやかな星空が、博士を天文の道へとうながしたのではないでしょうか。

博士　私は、もの思いにふけりがちな子どもでした。孤独《こどく》を大いに楽しみ、友人たちと付き合うよりも自分自身の思索《しさく》と付き合うのが好きでした。

おっしゃるとおり、スリランカの自然はすばらしいものがあります。自宅付近のヤシの木の並木がつづく海岸を毎日、夕方の決まった時刻によく独《ひと》りで散歩して遊びました。巨大な太陽が、黄、オレンジ、赤と変わりゆく自身の色合いに大空を染《そ》めながら、水平線のかなたに沈《しず》んでいくのを眺《なが》めたものでした。

スリランカは赤道の近くに位置していますので、たそがれどきがほんの束《つか》の間《ま》しかつづきません。したがって日没《にちぼつ》の壮大《そうだい》な光景も、電灯がスイッチを切られたときのように、突然《とつぜん》、急ぎ足で消えていくのです。

池田　三十年ほど前（一九六二年）、初めて私は貴国スリランカを訪問しました。そのときに見た、荘厳《そうごん》な夕日は忘《わす》れることができません。明《めい》から暗《あん》へ大宇宙のリズムが変転《へんてん》する一瞬《いっしゅん》、自然の情景は神秘《しんぴ》の音色《ねいろ》を奏《かな》でているようでした。

博士　美しい表現ですね。日没《にちぼつ》につづく光景は、雲一つなく、月明かりもない夜空の場合は、いっそう印象的《いんしょうてき》なものです。気がつくと、堂々《どうどう》たる天の川《あまのがわ》が、光でできた花輪さながらに、優雅《ゆうが》なアーチとなって天空に横たわっているのです。このときの体験を十四歳のころ、短い詩に書きとどめたことを今でも覚《おぼ》えています。

見上げたる
星満《み》てる空
今宵《こよい》なる
愛といのちの
いかに多きや

池田　この短い詩の中に、今日《こんにち》の博士の姿がすでに映《うつ》っているような気がします。美しい詩は美しい心に生まれる。豊かな自然は人の心を磨《みが》き、豊かな詩心を触《しょく》発《はつ》するものですね。

十四、五歳のころといえば、最も多感な、〈人生の原形〉ができあがる時期と言えるでしょう。純粋《じゅんすい》なもの、美しいものに感動し、真実を探求《たんきゅう》し、自分自身を発見する年ごろです。

今、東京では、〈光害〉のため明るい星さえあまりよく見えませんが、私も少年時代、夏の夜など、宝石をちりばめたような満天《まんてん》の星を銀漢《ぎんかん》（天《あま》の川《がわ》）の帯《おび》が横切り、古《いにしえ》の人々の願いを託《たく》した星座の物語に、深遠《しんえん》な宇宙へ心の翼《つばさ》を広げたものです。

博士　この詩の中に、十四歳のときに感じた私の気持ちが忠実《ちゅうじつ》に表現されています。故郷《こきょう》スリランカの星をちりばめた空は、私の心の中に深くいつまでも残る印象《いんしょう》となって刻印《こくいん》されたのです。当時は、スリランカもまだ、都市の照明は星空の眺《なが》めをさまたげませんでしたから。

池田　じつは私の末の息子も、中学一年のころ、天体観測《かんそく》に熱中していました。土星の環《わ》の美しさ、不思議《ふしぎ》さにすっかり魅《み》せられてしまったのです。妻と相談して望遠鏡を買ってあげました。それからは、天文学関係の本を何十冊もそろえて勉強し、寒い冬の真夜中でもオリオン座の大星雲《だいせいうん》*やすばる*を、あきずに眺《なが》めていました。広々とした宇宙の中に、夢がぐんぐんと広がっていくのだと思います。

博士は、いつごろから詩に興味《きょうみ》をもつようになられたのですか。

博士　それはまだ幼《おさな》かったころですが、やがて病《や》みつきになりました。優《すぐ》れた詩は、ちょうど美しい日没《にちぼつ》のように、私を感動させてやむことがありません。私は数多くの英詩を読みました。そして十歳のころ、自分も詩作に筆を染《そ》めてみたい、周囲の世界に関する自分の気持ちを詩によって表現してみたい、と思い立ちました。

池田　私も青年時代から詩が好きでした。詩とは〈人間〉と〈社会〉と〈宇宙〉を結ぶ心ではないでしょうか。

一九八八年に開催された第十回世界詩人会議*には、依頼《いらい》があり「『詩――人類の展望《てんぼう》』詩心の復権《ふっけん》への一考察《いちこうさつ》」と題する論文を寄稿《きこう》しました。

大宇宙の目に見えない法則、社会という変化してやまない現実世界を貫《つらぬ》く法、そして人間の心の法——それらが融合《ゆうごう》し、律動《りつどう》し合いながら、悠久《ゆうきゅう》なる時空《じくう》の中で展開される生命の壮大《そうだい》なドラマ。詩心は、その宇宙生命の脈動《みゃくどう》に満《み》ちた世界の扉《とびら》を開き、創造《そうぞう》の根源《こんげん》の力《ちから》に迫《せま》るものです。

また詩歌《しいか》に限《かぎ》らず、絵画・音楽等の優《すぐ》れた芸術作品にふれたときの、胸中《きょうちゅう》のうちふるえるような感動、生命の充足感《じゅうそくかん》は、宇宙の精妙《せいみょう》なるリズムにうながされて天空へと飛翔《ひしょう》しゆくがごとき、自己拡大の確《たし》かなる実感といえましょう。

ところで、この短い詩は、俳句《はいく》に似《に》ていますね。博士は俳句もなさるとうかがっていますが。

俳句への関心

博士　ええ。私に初めて俳句の手ほどきをしてくれたのは、たしか、セイロン大*学で私が師事《しじ》したダグラス・アマラセカラだったと思います。彼は非凡《ひぼん》な数学者でしたが、同時に優《すぐ》れた文化人でもありました。れっきとした芸術家であり、画家だったのです。

生まれて初めて*芭蕉《ばしょう》の俳句《はいく》（もちろん翻訳《ほんやく》されたもの）を読んだとき、私はこれこそ自分に適《てき》した文学様式であると感じました。この様式は表現の正確さという点で、ほかに類例《るいれい》のないものでした。その正確さが私の気質にぴったり合ったのです。しかも、この俳句に使われる単語の数はきわめてわずかでしたが、そこに呼びだされる心象《しんしょう》は宇宙の果《は》てにまで達していたのです。

満月の夜
ひすいの仏《ほとけ》が
灯明《とうみょう》のほのかな光に
見え隠《かく》れしながら
微笑《ほほえ》んだ安らかに

（一九五九年）

俳句《はいく》は〈宇宙的〉といってもよいような属性《ぞくせい》をもっており、その点で、おそらくこれに匹敵《ひってき》する表現形式はほかにないでしょう。一つの俳句を詠《よ》みますと、ほんの数秒のうちに宇宙のなんらかの側面《そくめん》を深く、そして強く経験することができます。

池田　俳句は、極小《きょくしょう》の十七文字（音節）の中に、極大の天地をも収《おさ》めようとする芸術です。

博士の俳句への関心は、たいへんに興味深《きょうみぶか》く感じます。二冊の俳句集も出版されているそうですが。

博士　そうです。一九五八年と一九六一年に出版しました。じつをいうと、専門である科学の分野では、当時まだ一冊も出版していなかったのです（笑い）。六一年の俳句集は、ケンブリッジ大学のトリニティ・カレッジ*から評価《ひょうか》され、同校のパウエル英詩賞*を受賞しました。

池田　それは、すばらしいことです。

博士　ここで申し上げたいことは、俳句風の詩が現代英詩全体におよぼした影響《えいきょう》は皆無《かいむ》に等しいということです。アメリカにエズラ・パウンド*という詩人がおりましたが、名のある現代西欧《せいおう》詩人のうちで、俳句《はいく》様式（「イマジズム」*という名称で知られるようになった）を英詩の正当的な形式として取り入れようと試《こころ》みたのは、おそらくこのパウンドただ一人でしょう。「イマジズム」の影響《えいきょう》がなぜもっと広範囲《こうはんい》におよばなかったのか――私にはこの点がいささか意外に思われます。それは多分、文化的にみて本来不適当《ふてきとう》な組み合わせであったからでしょう。二十世紀の西欧物質主義と俳句哲学とでは、根っから相《あい》いれない矛盾《むじゅん》するものだったのです。

池田　天文学者である博士が、大宇宙の神秘《しんぴ》を表現するのに、日本の伝統的《でんとうてき》な詩の一つのジャンルである俳句の形態《けいたい》を用《もち》いられたのは、興味深《きょうみぶか》いことです。

わが国で初めてノーベル物理学賞を受賞した湯川秀樹博士*も、かつて「私は一体何を求めているのか。一言で要約するなら、『詩の世界』とでもいうのが適切《てきせつ》であろう」（『湯川秀樹著作集　6』岩波書店）と語っていたのを思い出します。

仏教においても、経典《きょうてん》の形成過程《かてい》はまず詩（韻文《いんぶん》）によってなされ、散文的な部分は後に加《くわ》えられたのではないか、ともいわれております。もちろん、詩のほうが人々の記憶《きおく》に残りやすいという実利的《じつりてき》な要請《ようせい》もあったと思いますが、それ以上に、釈尊《しゃくそん》の悟《さと》りの境地《きょうち》という生命奥底《おうてい》の無形の内実《ないじつ》を表現するには、散文による概念的《がいねんてき》な説明よりも、一挙《いっきょ》に本質の洞察《どうさつ》に導《みちび》くような詩の表現が適《てき》していたからではないでしょうか。

博士　なるほど、よくわかります。

池田　*大乗仏教《だいじょう》の中心経典《きょうてん》であり、釈尊の悟りを表出《ひょうしゅつ》している*法華経《ほけきょう》では、無限《むげん》にして永劫《えいごう》に流転《るてん》する大宇宙の様相《ようそう》を描《えが》きあげるとともに、一方では、一瞬《いっしゅん》の生命に内包《ないほう》される絶妙《ぜつみょう》な働きを説《と》いております。

そして、極大《きょくだい》の大宇宙と極小の「一念《いちねん》」の生命の働きを貫《つらぬ》く〈法〉を「*一念三千」として説き明かすのですが、その表現方法はきわめて文学的な、なかんずく詩的な要素に満《み》ちあふれております。

俳句《はいく》も詩の一種《いっしゅ》ですが、そうした詩の世界は、崇高《すうこう》なる宗教的な悟りの境地、精《せい》緻《ち》な哲学の直感《ちょっかん》に通底《つうてい》するものがあるようです。

宇宙と生命の探求《たんきゅう》

博士　おっしゃるとおり、私も今では、詩こそ人間が考えだした芸術形式のなかで最も崇高《すうこう》なものである、と確信するようになりました。詩の中で詩人は、どこまでもどこまでも手を伸ばし、自分と外的世界との連携《れんけい》を確立しようとします。詩人と宇宙とが、ある意味で一体になるのです。

専門である科学の研究を通して、私がいつも感じていることがあります。それは、詩や詩的な経験は、いつでも、どこでも、私たちにインスピレーションを与《あた》えてくれる源泉《げんせん》であるということです。

こうした体験がどのような性質のものなのか、また、科学と詩の間にはどのような関係があるのか、私も十分にはわかっておりません。しかし、それが存在することは疑問《ぎもん》の余地《よち》がありません。

ある意味では、詩人と科学者はまったく同じことをやっていると考えることもできます。どちらも究極《きゆうきよく》の目的が、宇宙と生命の探求《たんきゆう》にあるからです。科学の研究は、理性が導《みちび》きだす分析的《ぶんせきてき》な推論《すいろん》を用《もち》いて遂行《すいこう》されます。これに対して詩作は、もっぱら直感《ちよつかん》という意識下《いしきか》の段階で行われます。

これまでの科学の進歩発展のなかで、重要なものはすべてこの二つの要素――すなわち分析的な方法と、科学者たちがみずから〈直感〉と称してきた属性《ぞくせい》――が一つにまとまってもたらしたものです。このことは私には不思議《ふしぎ》でもなんでもありません。科学に詩的な部分があるとすれば、この直感こそまさにそれなのです。

池田先生は、今も多忙《たぼう》でいらっしゃるのに詩や俳句《はいく》を詠《よ》み、小説まで書かれていますね。先生が青年時代につくられた詩を読み、深く感銘《かんめい》しました。

池田　恐縮《きようしゆく》です。日本が戦争に敗《やぶ》れてそれまでの価値観《かちかん》が崩《くず》れさった時代、私はまだ十代でした。私はむさぼるようにして本を読みました。そして、心の底からわき上がってくるさまざまな思いを、詩や歌に託《たく》しました。その習慣は今もつづいています。

たとえば、以前に「宇宙」と題して次のような詩を詠んだことがあります。

天空は限《かぎ》りなく
大地は虚空《こくう》に浮遊《ふゆう》しながら
思考《しこう》も想像《そうぞう》もなく実在《じつざい》する
宇宙――

その遠い昔
天座の美しい詩的の光耀《きらめき》に
人びとは幻想《げんそう》の曲を聞いた

牽牛《けんぎゅう》はあゆみ
織女《しょくじょ》は相寄《あいよ》る銀漢《ぎんかん》の恋
秋　中天に白鳥の翼《つばさ》の飛翔《ひしょう》
はるか航海の船に祈《いの》る北極星

友と語り友と踊《おど》りし
竪琴《たてごと》の音《ね》奏《かな》でる南十字星
神秘《しんぴ》の姫が昇《のぼ》りゆく赫夜《かぐや》の月

（『池田大作全集 39』に収録）

仏教では「宇宙即我《そくわれ》」の法理《ほうり》を説《と》き、本来、宇宙と人間とは一体であるとし、心の広大さを明らかにしています。空間的には十方《じっぽう》の広がりが、時間的には過去・現在・未来と三世《さんぜ》にわたる悠久《ゆうきゅう》の流れが、一瞬《いっしゅん》の心の中に収《おさ》まっています。

博士　美しく、しかも意味の深い詩ですね。その中に託《たく》されたお気持ちがよくわかります。人間がいなければ、宇宙もむなしいものにすぎません。

池田　私は、〈宇宙〉の詩に限《かぎ》らず、人や自然とのさまざまな出会いを詩につづってきました。

人の心、生命とは、まことに不可思議《ふかしぎ》なものです。固定しようと思っても固定できません。矛盾《むじゅん》した存在であり、かつ調和があり、ダイナミックであり、生き生きとしたものです。どの生命も絶妙《ぜつみょう》なリズムを奏《かな》でています。

ですから、生命そのものが詩的な存在といえるのではないでしょうか。仏典《ぶってん》の＊華厳経《けごんきょう》には「心は工《たくみ》なる画師《えし》の如《ごと》く」（大正九巻）とあります。私たちの心が、もともと優《すぐ》れた画家のように、あらゆる事象《じしょう》を表現する働きをもっているというのです。

詩人とは、この宇宙・社会・人間の三者を貫《つらぬ》く大いなる〈法則〉と〈生命〉の探《たん》求者《きゅうしゃ》であり、一見《いっけん》ばらばらに見えるものを結びつけていく人、表現者であると私は信じます。

そして詩人とは、事実の奥に隠《かく》された真実を鋭《するど》く見抜《みぬ》く人です。

その意味で、私は博士が詩を愛し、詩の力《ちから》を深い次元《じげん》で認識《にんしき》されていることを高く評価《ひょうか》したいのです。

ですから、博士が「詩の中で詩人は、どこまでもどこまでも手を伸ばし、自分と外的世界との連携《れんけい》を確立しようとします。詩人と宇宙とが、ある意味で一体になるのです」「詩人と科学者はまったく同じことをやっていると考えることもできます。どちらも究極《きゆうきよく》の目的が、宇宙と生命の探求《たんきゆう》にあるからです」と言われたことは、まさに「わが意を得たり」の思いです。

博士　詩人と科学者では、つかんだ真理の表現の仕方《しかた》が違《ちが》うだけなのです。異《こと》なる言葉で話しますが、今言われましたように、事実の奥に秘《ひ》められた真実をつかんでいこうとする目的は共通しています。

池田　詩人と科学者はともに宇宙と生命の探求を究極の目的にしており、ただ直《ちよっ》感《かん》によるか、理性を駆使《くし》しての分析的《ぶんせきてき》方法によるかの違いである、とのご発言は、重要な示唆《しさ》を含《ふく》んでいます。

現代の人々は往々《おうおう》にして、詩と科学を対極《たいきよく》にあるものとみています。また、近代における両者の歩《あゆ》みがそうした傾向《けいこう》を助長《じよちよう》してきた側面《そくめん》があることも事実です。

しかし、本来、偉大《いだい》な科学には大いなる詩があります。偉大なる詩には、人間理性の最高の英知が輝《かがや》いているものです。両者は相互《そうご》に相手を豊かにしうる関係にあります。

一人の人間においても、詩的側面《そくめん》と科学的側面を分離《ぶんり》することはできません。分離できたとしたら、おそらく貧弱《ひんじゃく》な人間になってしまうことでしょう。

博士　まったくおっしゃるとおりです。これはお世辞《せじ》ではなく、私は池田先生の中に、詩と科学が豊かに交響《こうきょう》している〈新しい人間〉〈新しい探求者《たんきゅうしゃ》〉を見る思いがするのです。そうした人々は現代の世界では嘆《なげ》かわしいほど少なくなりました。

池田　いえ。それは過大評価《かだいひょうか》です。そこでこれは個人的な質問になりますが、詩人でもある博士が、科学のなかでもとくに天文学を志《こころざ》すことになったのは、家庭環境《かんきょう》からの影響《えいきょう》も大きかったのではないでしょうか。

人生の方向決める十代

博士　先ほど話しましたように、私は幼《おさな》いころから夜空の美しさに心を奪《うば》われておりました。とくに私が天文学に興味《きょうみ》をもつきっかけとなったのは、十二、三歳のころ、父と交《か》わした会話です。子どもはなんでも親に質問するものですが、私も宇宙のことについていろいろと聞いたのです。

父は、イギリスのケンブリッジ大学で学び、一九三三年には最優秀《さいゆうしゅう》の成績を収《おさ》めるほど数学が得意《とくい》でした。自分の体験を通して、天文学がいかにすばらしい学問であるかを話してくれました。

父は、一九三〇年代の恒星《こうせい》天文学者アーサー・エディントン*とW・M・スマート*のもとで学び、みずからも天文学者になるつもりでした。ところが残念《ざんねん》なことに、さまざまな理由で研究がつづけられなくなり、スリランカに戻《もど》ってイギリス政府関係の仕事についたのです。

そうしたことから、わが家には『恒星内部構造論《こうぞうろん》』*『相対性理論《そうたいせいりろん》の数学理論』『神《しん》秘《ぴ》の宇宙』といった、いくつかのエディントンの著書や天文・数学関係の本が父の書架《しょか》にあり、私も理解できるようになりたいと、ページをめくって眺《なが》めた思い出があります。

池田　仏教には「依正不二《えしょうふに》」*という法理《ほうり》があります。つまり、環境《かんきょう》としての依報《えほう》と主体《しゅたい》としての正報《しょうほう》は、一体不二の関係にあるというのです。環境のなかでもとくに幼少期《ようしょうき》の家庭環境《かんきょう》は、その人の人生にとって、ある意味で決定的な重要性をもつといえましょう。

私は、若き日から「家に書物なきは、人に魂《たましい》なきがごとし」という言葉を大事にしています。博士は、書物を身近に感じられる環境で育ちました。そして博士には、生来《せいらい》の知的好奇《こうき》心《しん》と努力がおありだったのでしょう。

博士　父は八十歳を超《こ》えましたが、今も健在《けんざい》です。私と池田先生の対談を報じた記事も読みました。父はスリランカの伝統的《でんとうてき》仏教の信徒《しんと》ですが、池田先生の言葉に対して「まったく真実だ」と賛嘆《さんたん》しておりました。

池田　不思議《ふしぎ》な存在の父上ですね。私の恩師《おんし》戸田城聖*第二代会長も天才的な方で、数学に深く通じておりました。博士と父上とのご関係は、私に恩師のことを深くしのばせてくれます。

はっきり天文学への志《こころざし》をもたれたのは、十六歳のときの皆既日食《かいきにっしょく》*にあったとうかがっていますが。

博士　はい。スリランカでの皆既日食でした。一九五五年六月五日のことです。

国際的な科学者たちで構成《こうせい》されたチームが八つもスリランカに集結《しゅうけつ》しました。地元紙には、連日のように日食《にっしょく》に関するニュースが報道されました。当時、高校生で科学者の卵だった私は、とくにこの日食が西暦《せいれき》六九九年以来、太陽が完全に隠《かく》れる時間が最も長いということもあり、胸を躍《おど》らせたものです。

池田　このときの日食観測《かんそく》で、*アインシュタインの相対性《そうたいせい》理論の正しさが証明されたわけですね。

博士　そうです。それ以前にも、たとえば一九一九年にブラジルからギニアにかけて見られた日食のさい、エディントンが指揮した観測隊の観測によって部分的に実証《じっしょう》されていますが、観測技術が未発達で精度《せいど》が低く、決定的な証明というには不十分でした。

この理論では、光は重力で曲《ま》がる。たとえば、光が太陽のように質量の大きな物体のそばを通り過ぎるとき、その重力で少しだけ曲がる（角度にして一・七五秒＝一秒は一度の三千六百分の一の角度）ことを予測していました。このことが太陽のそばに見える星の位置を観測することで確証《かくしょう》され、正しいことが立証《りっしょう》されたのです。私は、科学を詳細《しょうさい》に理解できたわけではありませんでしたが、衝撃的《しょうげきてき》な感動を受けました。こうした体験を通して天文学者になろうと決意したのです。

池田　劇的《げきてき》な第一歩でしたね。博士の今のお話を聞いても、思春期にあたる十代は、人生の方向を決める最も大事なときであると感じます。そのときにどんな体験をするかで、一生が大きく変わってしまいます。

私は少年時代に戦争に遭《あ》い、兄を失《うしな》いました。母の嘆《なげ》く姿から、戦争ほど悲惨《ひさん》なものはない、また残酷《ざんこく》なものはないということが心に焼きついて離《はな》れませんでした。これが私の平和行動の一つの原体験になっています。

博士　本当に悲《かな》しい体験をされましたね。

池田　子どものときの体験は大切です。子どものときこそ本当のもの、本当の自然にふれていくことです。牧口常三郎初代会長も戸田第二代会長も教育者でした。価値創造《かちそうぞう》の人間教育をめざした両会長の構想《こうそう》を胸に、私は二十一世紀を志向《しこう》して創価学園・創価大学を二十年以上前（一九六八年、七一年）に創立しました。

また、環境《かんきょう》は人をつくります。最大の教育環境は母であり、父であり、また学校の先生や友人ということになるでしょう。そこで博士は天文学者であるとともに数学者でもあります。数学の分野で忘《わす》れえぬ人はどなたですか。

ホイル博士との出会い

博士　私は幼少《ようしょう》のころから、数学がとてもおもしろいものであると思っていました。また、幸運なことに数学が得意《とくい》だったのです。＊ユークリッド幾何学《きかがく》を学ぶことがとても楽しみでした。この学問のなかに初めて証明の本質を発見しました。その理論と厳密《げんみつ》さが好きだったのです。

後に天文学者になろうと思い立ち、大学で数学を学ぶことにしました。それは、数学こそが宇宙を探求《たんきゅう》するのに最も重要で最も強力な手段であると感じたからです。父から最初の指導を受け、その後セイロン大学で、いく人かの優秀《ゆうしゅう》な先生方から指導を受けることができたのは幸運でした。

そのころ私に大きな影響《えいきょう》を与《あた》えたのは、当時セイロン大学の数学教授であった

C・J・エリーザー教授でした。彼は著名《ちよめい》なケンブリッジ大学の数学者で、かつてクライスツ・カレッジのフェロー（特別研究員）を務《つと》め、有名な物理学者ポール・デ*ィラックの弟子《でし》にあたる人でした。彼の講義を通して私は、後年専攻《せんこう》することになった電磁気学《でんじきがく》の理論について洞察力《どうさつりよく》を身につけることができました。当時は気がつきませんでしたが、じつはエリーザー教授とフレッド・ホイル博士はケンブリッジの同期生で、しかも二人ともディラック博士の弟子だったのです。

池田　ホイル博士の師《し》にあたるディラック博士とは、特殊相対性理論《とくしゆそうたいせい》と*量子力学《りようしりきがく》とを調和させた学者ですね。

博士　そのとおりです。ディラック、エリーザー、ホイルというつながりから、私が最終学年の学位試験に臨《のぞ》んだまさにその年に、ホイル博士が学外数学試験官としてセイロン大学にやってくることになりました。まことに不思議《ふしぎ》なめぐり合わせでした。

池田　それは、初めてうかがいました。

その後、博士は、ホイル博士とよく仕事をされています。ホイル博士は定常宇宙《ていじよう》論の提唱者《ていしょうしゃ》として有名であり、また『暗黒星雲《あんこくせいうん》』を書くなど、SF作家としても幅《はば》広《ひろ》く活躍《かつやく》されています。ホイル博士とは、どのようにして知り合いになられたのですか。また、どんな影響《えいきょう》を受けられましたか。東西の文化・思想の出合いという側《そく》面《めん》からも興味《きょうみ》があります。

博士　一九六〇年に私は、ケンブリッジ大学の大学院で数学を勉強するために、イギリス政府から英連邦奨学金《えいれんぽうしょうがくきん》を給付《きゅうふ》されることになりました。私は跳《と》び上《あ》がって喜びました。天文学を専攻《せんこう》する機会がとうとうやってきたからです。

ホイル博士は当時、天文学と経験哲学のプルミアン教授の席にありました。もともと多くの研究生を引き受ける人ではありませんでしたが、私を受け入れることはすでに決めていたのです。

まだセイロン大学にいたころ、私はホイル博士の執筆《しっぴつ》した二冊の古典的著書、『宇宙の本質』と『天文学の最前線』をすでに読み、深い感銘《かんめい》を受けておりました。ですから、コロンボの私のもとに、ケンブリッジに行く前に読んでおくべき本の一覧をしたためたホイル博士自筆の手紙が届《とど》いたとき、私は狂喜《きょうき》しました。そのときのうれしさを決して忘《わす》れることはないでしょう。

池田　ホイル博士は、すでに若き博士の才能を鋭《するど》く見抜《みぬ》いておられたのでしょう。学問にも師弟《してい》の道がある。この世界的な天文学者との初めての出会いは、どのようなものでしたか。

博士　一九六〇年の十月初旬、私はこの偉大《いだい》な人物に、ケンブリッジのクラークソン・クロースにある彼の自宅で初めて会いました。最初、私はただおろおろするばかりでした。しかし博士は内気な性格であり、私もまたそうだったので、意気投合《いきとうごう》したのだと思います。

博士はまた教師としてもすばらしく、私の生来《せいらい》の好《この》みが天文学にあることをすばやく見抜き、私に合っていると思われる道筋《みちすじ》にしたがって私を導《みちび》いてくれました。彼はまず太陽物理学――この学問は、偶然《ぐうぜん》にも前に申し上げた日食《にっしょく》と関係がありますー―の一部門に私の興味《きょうみ》を引きつけようとしましたが、その後、現代の天文学のなかでも最も興味あふれる領域《りょういき》の一つに向かう道を私に示《しめ》してくれたのです。

ホイル博士は、科学において正確さ、厳密《げんみつ》さ、そして自己批評《ひひょう》がいかに大切であるかを私に教えてくれました。また科学においては、たとえ確定《かくてい》した見解《けんかい》であっても、新《あら》たな事実が現れるたびに、つねにその見解の正当性が問われ、真偽《しんぎ》が検証《けんしょう》されるものである、ということも博士から学びました。

私は書物や賢人《けんじん》の権威《けんい》を敬《うやま》う傾向性《けいこうせい》の強い文化圏の出身なので、初めのうちは、この教訓《きょうくん》を自分のものにするのに手間《てま》取りました。西洋の科学理論がしばしばくつがえされる可能性《かのうせい》をはらんでいるという現実を知って、目からうろこが落ちるような思いでした。このときから私は、純理論的な科学理論に強い疑念《ぎねん》をいだくホイル博士の立場を、一貫《いっかん》して自分のものにしてきました。

池田　なるほど。若き博士にとって、ホイル博士との出会いは、まったく新しい科学観との出合いでもあったわけですね。

博士　ホイル博士は、今世紀《こんせいき》最大の思想家の一人であると思います。定常《ていじょう》宇宙論を提唱《ていしょう》したことにより、ホイル博士は歴史的にみて、ガリレオ*やコペルニクス*、ニュートン*に比《ひ》すべき重要な人物になったと思います。このことが認《みと》められず、いまだにノーベル賞を受賞されていない理由は、いうまでもなく、彼の理論が強力なユダヤ・キリスト教的パラダイム（＝支配的な考え方、理論的枠組《わくぐみ》）に反する内容であるからです。

私とフレッド（＝ホイル博士のファースト・ネーム）との付き合いは三十年以上にわたっています。

今も彼は、定期的にカーディフにいる私を訪《たず》ねて来ますし、また、よく二人で歴史・哲学・政治から科学にいたるまで、さまざまな問題について夜更《よふ》けまで延々《えんえん》と議論します。純粋《じゅんすい》に科学的な問題について当初《とうしょ》意見が合わない場合は、厳密《げんみつ》な議論と事実の詳細《しょうさい》な検証《けんしょう》によって、初めて同意に達するのです。

池田　三十年以上の歳月《さいげつ》をかけて意見を交換《こうかん》してきたわけですね。とくに宇宙塵《うちゅうじん》についてのお二人の学説はたいへんにユニークですが。

博士　私自身が行《おこな》った宇宙塵の性質についての研究から、一九七六年の半《なか》ばにいたって私は、宇宙塵が〈生きている〉と確信するようになりました。それはホイル博士よりも一年早い時期でした。

当時、博士はアメリカにいましたので、私は計算した結果を手紙で送って意見の交換《こうかん》を始めました。一九七七年四月、私は共同研究論文の原案を書きあげて、当時コーネル大学の客員教授であったホイル博士に送りました。*

同年の五月五日と七日に受け取った彼からの返事は、私をとてもがっかりさせる内容でした。私が書いた共同研究論文の中で、「データは宇宙塵《うちゆうじん》が〈生きている〉ことを示《しめ》している」とした最後の一節に同意できない、と言ってきたのです。この結論は正当だとは思えないというのです。

このような悶着《もんちやく》が起きたのは、コーネル大学にいた彼の周囲に、宇宙に生命が存在する可能性《かのうせい》を猛烈《もうれつ》に否定《ひてい》する天文学者たちがいたことも、その一因《いちいん》であると感じました。私たち二人は手紙を交換して議論をつづけました。そして、データと計算の結果が明らかになってきたので、ホイル博士と私は一九七八年の末には、この問題について完全な意見の一致《いつち》をみていました。

池田　宇宙塵という微小《びしよう》な物質の中に生命を探《さぐ》ろうとされる博士の試《こころ》みは、きわめて独創的《どくそうてき》で興味深《きようみぶか》いものがあります。

ところで、スリランカからイギリスに留学されて、新鮮《しんせん》に感じられた自然との出合いもあったと思いますが。

博士　私のこれまでの人生で最も印象的《いんしょうてき》だった時間は、十九歳のときにホイル博士とともに、ワーズワースの詠《よ》んだ湖水《こすい》地方を歩いたときのことです。子どものころから愛読した詩の中の風景を、今、自分は現実に見ながら歩いている——それは至福《しふく》のひとときでした。

影響《えいきょう》を受けた三人の詩人

池田　博士は好きな詩人として、シェークスピア、*ミルトン、*そしてワーズワースの三人を挙《あ》げていますね。

博士　まさに今、先生が挙げられた順番で好きなのです。影響を受けた順番も同じです。

池田　私にとっても、三人とも青春時代から敬愛《けいあい》してきた詩人です。

博士　シェークスピアは、いうなれば仏陀《ぶつだ》が理解するように世界を洞察《どうさつ》していました。実験にもとづく科学的アプローチの仕方《しかた》ではありませんでしたが、深い直観《ちょっかん》と才能で、人間と世界の真実を見抜《みぬ》いていました。

またミルトンは、人間性の精神的側面《そくめん》を代表する詩人です。キリスト教的観点からではありますが、彼は、人間が求めてやまない大いなる神聖《しんせい》な〈何か〉と自身との合一《ごういつ》を明快《めいかい》に表現しています。そしてワーズワースは、偉大《いだい》な自然界の徳《とく》と恵《めぐ》みを美しく歌った詩人です。今や失《うしな》われつつある緑の風景を、丘や湖《みずうみ》のすばらしさを教えてくれます。

池田　ワーズワースの詩の中で私が好きなものの一つにこうあります。

わが心はおどる
虹《にじ》の空にかかるを見るとき。
わがいのちの初めにさなりき。
われ、いま、大人《おとな》にしてさなり。
われ老いたる時もさあれ、

さもなくば死ぬがまし。
子供は大人《おとな》の父なり。
願わくばわがいのちの一日《ひとひ》一日《ひとひ》は、
自然の愛により結ばれんことを

（『ワーズワース詩集』田部重治選訳、岩波文庫）

「子供は大人の父なり」（＝子どもの時代がもとになって大人がつくられる、という意味）との卓見《たっけん》は、教育者にとっても、父母や為政者《いせいしゃ》にとっても、そして、かつて子どもであったすべての人々にとっても、尽《つ》きることのないインスピレーションを与《あた》えてくれます。

博士　私もこの詩が好きです。世界を発見しようとする子どものころの意欲《いよく》をなくしてしまった大人は、もはや知的な人間ではなくなるのです。彼らは知性の階段を下へ下へとおりているのです。

池田　その意味で、真に知的な人生とは、少年のようなみずみずしい好奇心《こうきしん》と真理への愛を、最後まで失《うしな》わない一生といえるでしょう。

硬直《こうちょく》した頭脳《ずのう》の人は、どんなに知識があっても知的とはいえません。そして仏教は、いわば〈宇宙即《そく》生命〉〈宇宙即一念《いちねん》〉という、外なる大宇宙と内なる小宇宙（人間）の連動・交流・交感の実相《じっそう》を、万人がみずからの生活のなかで一生涯《いっしょうがい》、探求《たんきゅう》しつづけていくべきことを教えています。

その探求は、知性の課題《かだい》であるとともに、わが無限《むげん》の小宇宙を開いて、永遠なる価値《かち》を創造《そうぞう》しゆく境涯《きょうがい》の確立の問題でもあります。

強く引きつけられた仏教

博士　人間には、自分の存在理由は何なのか、どのような方向に向かっているのか、を見定《みさだ》めようとする基本的な欲求《よっきゅう》があると思います。方向の定まらない人生は、ドライバーなしで走る車のようなものだからです。人間の性質として、宇宙の中での自身の位置を知ろうとするのは当たり前のことです。また、そうした探求のなかから宗教が生まれてくるのも当然のことといえます。
――また知性をもつゆえに、宇宙を考え、他の生命の存在にも配慮《はいりよ》していける唯一《ゆいいつ》の生物が人間です。地球に限《かぎ》っていえば、他の生命に寄生《きせい》せずに自給自足《じきゆうじそく》できるのは植物だけです。人間も多くの生物のおかげで生存《せいぞん》することができるのです。そのことを自覚し、他の生命への思いやりをもつところに、人間性の究極《きゆうきよく》の証明もあると思います。

池田　その意味でも、生命を慈《いつく》しむ心、宗教心の復活《ふつかつ》が大切ですね。

博士　そのとおりです。宗教心や倫理《りんり》観《かん》の欠如《けつじよ》が、今日《こんにち》、暴力の横行《おうこう》や弱者への冷酷《れいこく》さとなって表れています。今こそ生命の尊厳《そんげん》が、ぜひとも確立されなければならないと思います。ですから、私は仏教に強く引きつけられるのです。

池田　生命の尊厳の確立といっても、生死《しようじ》の問題を解《と》き明《あ》かした正しい生命観に立脚《りつきやく》してこそ可能《かのう》となります。これから順次《じゆんじ》、論じ合いたいと思いますが、生死の問題こそ人間にとって最重要の課題《かだい》です。

しかも生死の問題は人間ばかりでなく、動物や植物においても、さらには宇宙でも星の誕生《たんじょう》と死の壮大《そうだい》なドラマが繰《く》り返《かえ》されており、生死《しょうじ》の法則は宇宙に共通する法則であります。

中国の＊天台大師《てんだいだいし》は「起《き》はこれ法性《ほっしょう》の起、滅《めつ》はこれ法性の滅」（「摩訶止観」巻五上、大正四十六巻）と説《と》き、現象《げんしょう》の生起《せいき》もその消滅《しょうめつ》も、ともに宇宙永遠なる〈法〉の顕在《けんざい》化《か》と潜在化《せんざいか》にほかならないことを示《しめ》しております。日本の＊伝教《でんぎょう》大師は「生死の二法は一心の妙用《みょうゆう》」（「天台法華宗牛頭法門要纂」、『伝教大師全集』巻五）と説きました。生も死も「一心」という人間内具《ないぐ》の生命の働きであることを示しました。

さらに日蓮大聖人は、「天地・陰陽《いんよう》・日月《にちがつ》・五星・地獄《じごく》・乃至《ないし》仏果《ぶっか》・生死の二法に非《あら》ずと云《い》うことなし」（御書一三三六ページ）と結論されております。

わが生命の内奥《ないおう》に、宇宙と人間とを貫《つらぬ》く不滅《ふめつ》の〈法〉を自覚し、その〈法〉にのっとって生きぬいていく。そこに一切を希望・価値《かち》・調和の方向へと回転させていく生き方が開かれていきます。最高に福徳《ふくとく》に満《み》ちた生命の軌道《きどう》を歩《あゆ》んでいくこと――それが仏教の実践なのです。

博士　興味深《きょうみぶか》いことですが、今日《こんにち》、西洋の科学者の大半《たいはん》は、キリスト教の諸教義《しょきょうぎ》に対して本能的とさえいえるような拒絶反応《きょぜつはんのう》を示《しめ》しています。なかには東洋の哲学に知的な刺激《しげき》と洞察力《どうさつりょく》を求めようとする人もおります。たとえば、フレッド・ホイルの信念はキリスト教と合致《がっち》したことは一度もありませんが、仏教の教えるところとはほぼ一致《いっち》しております。

池田　ホイル博士と響《ひび》き合うものはもともとそなわっていたのですね。宇宙と生命とを貫《つらぬ》く永遠なるものを探求《たんきゅう》する道程《どうてい》において、真実の師《し》に出会い、師との深い思い出をもつ人生ほど、美しく充実《じゅうじつ》しゆく幸福の境涯《きょうがい》はないといえましょう。

いみじくも博士は、十九歳のときホイル博士とイギリス湖水《こすい》地方を散策《さんさく》した至福《しふく》のときのことを語られましたが、私も人生の師と決めた戸田第二代会長に出会ったのが、十九歳のときなのです。

師との思い出を大切に温《あたた》め、師を誇《ほこ》りとし、師の理想を実現していく。そこには人間としての至高《しこう》の〈道〉があり、いやまして英知の光が輝《かがや》きわたってくると思うのです。

二　地球外生物は存在するか

太陽系外の惑星《わくせい》

池田　天上の星空のほうに話題を移《うつ》したいと思いますが、無数にきらめく星の間を浮動《ふどう》する惑星に、人類と同じような知的生命体がいるのではないかと考えるのは、きわめて自然な発想です。古来《こらい》、あらゆる民族は、月の中にもウサギを見たり、読書をする女性の顔を見たり、カニの姿を見たり、さまざまに天空をかける心象《しんしょう》の翼《つばさ》を広げてきました。

日本の子どもたちになじみ深い星に七夕《たなばた》の星があります。中国から伝わった織女《しょくじょ》星《せい》（織姫星《おりひめぼし》）と牽牛星《けんぎゅうせい》（彦星《ひこぼし》）の伝説です。二人は天帝《てんてい》のはからいで結婚したのですが、楽しさのあまり仕事を怠《おこた》るようになった。そこで引《ひ》き離《はな》され、七夕《たなばた》の夜にだけ天《あま》の川《がわ》に翼《つばさ》を広げるカササギの橋を渡《わた》って、会うことが許《ゆる》されるという「愛別離苦《あいべつりく》」*の物語です。実際は、織女星《しょくじょせい》は、こと座のベガ、牽牛星《けんぎゅうせい》は、わし座のアルタイルをさしております。実際は、この二つの星は十五光年も離れていますから、光速の乗り物で行っても、一年に一度会うことさえ不可能《ふかのう》といえますね。(笑い)

博士　そのとおりです。

池田　この七夕の織姫星《おりひめぼし》にまつわる話題ですが、一九八三年に打ち上げられた赤外線天文衛星《えいせい》によって、このベガのまわりで新しい小さな星が生まれつつあることが発見され、話題になりました。

このとき、太陽系以外にも、実際に惑星系《わくせいけい》をもつ天体が存在すると発表されたので、地球と同じような生命が発生する可能性が、にわかに身近に感じられるようになりました。理論的にも、恒星《こうせい》が惑星をもつ確率《かくりつ》はかなり高いそうですが。

《**博士**〈注1〉》　つい最近まで、遠くの恒星をめぐる惑星を発見することは非常に困難《こんなん》なことでした。惑星を探《さが》しだす方法はありますが、それが成功するのは、木星のような大惑星《だいわくせい》が存在する場合に限《かぎ》られます。そうした大惑星が存在する場合は、その惑星の軌《き》道《どう》と、親である恒星《こうせい》の軌道の重心が同じです。つまり、空中でワルツを踊《おど》っているようなものです。したがって、目に見えるのは恒星だけですが、その恒星を観察《かんさつ》して、そのスペクトル線*の変位《へんい》を調《しら》べることによって、その恒星のかすかな前後運動を見つけられることがあります。

一九九五年に、ミシェル・メイヤーとディディア・クエロスは、まさにこの方法によって、ペガサス座の「ペガサス51」という恒星をめぐる惑星を発見したのです。これは太陽系外の惑星としては、明らかに最初の確実《かくじつ》な発見でした。この惑星の体積は、木星の約半分と推定《すいてい》されました。しかし、その恒星からの距離《きょり》は、わずか〇・〇五天文単位（一天文単位は太陽と地球の間の平均《へいきん》距離）です。木星の場合は、太陽から約五天文単位も離《はな》れています。また「ペガサス51」の軌道周期はたったの四地球日（＝一地球日は二十四時間）ですが、木星の場合は十二年です。

この事実から明らかなことは、この太陽系外の惑星第一号は、あまりにも高温であるため、その表面にはいかなる生命体も存続《そんぞく》しえなかったということです。

一九九五年以降、惑星《わくせい》を発見する競争《きようそう》がますます加速してきています。第一号発見後まもなく、ジェフ・マーシーとポール・バトラーが、新惑星を二つ発見したと報告しました。一つは「おとめ座70」という恒星《こうせい》を、もう一つは「おおぐま座47」という恒星をめぐる惑星です。

次に発見されたのは、「かに座ρ（ロー）星」と「うしかい座τ（タウ）星」をめぐる惑星です。つづいて発見されたのは、「がか座β（ベータ）星」の塵《ちり》の円盤《えんばん》の内部にある惑星です。じつは、その数年前から、この恒星には惑星があるのではないかと思われていました。

池田　惑星の存在は、原子のスペクトル線の変化から確認《かくにん》されたとのことですが、直接に惑星の存在が確認されたわけではありません。天文学者は、どのようにして、こうした間接的な発見が正しいものであると確信することができるのでしょうか。

博士　スペクトル線の変位《へんい》は、たしかに他の原因でも起こります。実際、これまでに惑星の存在の証拠《しようこ》であるといわれているスペクトル線の変位が、恒星の膨張《ぼうちよう》・

収縮《しゅうしゅく》などの振動《しんどう》によって自然に説明できるという報告もあります。

また〇・〇五天文単位という恒星《こうせい》のすぐ近くの温度の高い所に、なぜ巨大な惑星《わくせい》が存在するのかという惑星形成論の難問題《なんもんだい》もあります。太陽系の場合、いちばん太陽に近い水星で、〇・三九天文単位の距離《きょり》にあるのです。このようなあらゆる問題点を一つ一つ検討《けんとう》し尽《つ》くすことによって、いちばん自然な説明が最終的に確定《かくてい》されます。

現在はっきりわかっていることは、惑星が生成される仕組《しく》みは、きわめてありふれたものであり、規則正しく行われているにちがいないということです。ですから、太陽と同じような恒星が惑星系をもつ確率《かくりつ》はかなり高いと思います。

興味深《きょうみぶか》いのは、最近、ハッブル宇宙望遠鏡*の部品が新しいものと交換《こうかん》され、惑星の発見が非常に容易《ようい》になったことです。今後、そうした発見が続々《ぞくぞく》となされると予想されます。》

惑星の生成の仕組みは別に珍《めずら》しいものでも特殊《とくしゅ》なものでもありません。惑星が誕《たん》生《じょう》する可能性《かのうせい》は実際にはかなり高いと思います。

池田　そうしますと、その惑星上《わくせいじょう》で地球のように生命が発生する可能性《かのうせい》も十分に考えられるわけですね。

地球外生物の証拠《しょうこ》

博士　私の見方《みかた》によれば、地球外生命が存在することは、たんに考えられるというだけではなく絶対に確実《かくじつ》です。この地球上に生命が存在しているのと同じくらい確《たし》かなことです。この問題を研究する出発点として、私たちはまず地球上の生命それ自体を調《しら》べなければなりません。

地球上の生命は、その中に含《ふく》まれている情報という面で本質的に複雑《ふくざつ》な形をしています。このことから推論《すいろん》して、生命を構成《こうせい》する要素は、ウイルスかバクテリアという微細《びさい》な形で発生したのですが、それは地球上ではなくて宇宙の中であったといえます。

地球上の生命は、そのように宇宙で発生した微片《びへん》が寄り集まってできあがったのです。どのような場所であっても、条件さえととのえば生命が根づき、進化するのです。

今や天文学者たちは、惑星《わくせい》や彗星《すいせい》ができたのは恒星《こうせい》が形成された当然の結果にちがいないと考えています。

したがって、*銀河系《ぎんがけい》だけをとってみても、その中には太陽系のような惑星系が何十億とあるにちがいありません。ですから、地球上の生命にいくぶん似《に》かよった生命体が、そうした惑星系の中のかなり多くの惑星に誕生《たんじょう》しているにちがいありません。

池田　現在、*星間《せいかん》物質のスペクトル研究が進んでいますが、その中に、原子だけでなく水酸基《すいさんき》、アンモニア、水分子をはじめ、ホルムアルデヒドなどさまざまな星間分子が発見されています。生命を形成するアミノ酸こそまだ見つかっていませんが、その素材が星間物質に含《ふく》まれていることが明らかになっております。

哲学者カント*は、三十一歳のときに『*天界の一般自然史と理論』を発表しておりますが、現在の太陽系生成論も、太陽系星雲《せいうん》の生成発展理論として、この著作《ちょさく》の精神を引《ひ》き継《つ》いでおります。この中でカントは、火星や木星など他の惑星《わくせい》に住む生命体についても考察《こうさつ》しています。現在では、この説はカントのたんなる空想にすぎないと片づける人もいますが、「私の上なる星をちりばめた空と私のうちなる道徳的法則」（『実践理性批判』波多野精一・宮本和吉・篠田英雄共訳、岩波文庫）を思索《しさく》していたカントにとっては、必然的《ひつぜんてき》な帰結《きけつ》であったのではないかと思うのです。

博士　生命の形成に必要な化学物質が銀河系内《ぎんがけいない》に広範囲《こうはんい》にわたって存在している、と言われましたが、まさにおっしゃるとおりであり、そのことは十分に認《みと》められております。

また、それほどは認められていませんが、同じくらい十分な根拠《こんきょ》があり立証《りっしょう》もされているのが、私とホイル博士の主張、つまりウイルスやバクテリアの微片《びへん》と見分けのつかないような粒子《りゅうし》が銀河系内に広範囲にわたって存在するという説です。

この推論《すいろん》は、詳細《しょうさい》に調《しら》べたバクテリア組織のスペクトルにもとづいています。そのスペクトルが、宇宙空間や彗星《すいせい》の塵《ちり》のスペクトルとぴったり符合《ふごう》しているのです。ただ教育上の偏見《へんけん》がじゃまをして、そうした主張の正当性を認めたがらないだけなのです。

科学者たちは、巨額の研究費を使って地球外生命を探《さが》し求《もと》めてきました。ところが、地球外生命の存在を示《しめ》す証拠《しょうこ》が現れるたびに、彼らはそうした証拠を避《さ》けて後《あと》ずさりし、何かと理由をつけてはそのデータを実際よりも低く値踏《ねぶ》みしたり、あるいはまったく無視《むし》したりするのです。

『宇宙旅行者――生命をもたらしたもの』というホイル博士と私の共著になる本では、太陽系内の彗星《すいせい》や地球以外の惑星《わくせい》に微生物《びせいぶつ》の存在する天文学上の証拠があることを指摘《してき》しています。また金星の大気や火星・木星・土星から得られたデータも、すべて微生物の存在を示しています。

池田　アポロ11号*で月面に人間が初めて第一歩をしるしたのが、一九六九年七月のことでした。宇宙飛行士が持ち帰った月の石も惑星起源《きげん》の貴重《きちょう》な資料になりました。じつは一九八四年、アメリカのスカイラブ*の船長だったジェラルド・P・カー*博士を通して〈月の石〉を六種類、特別に貸与《たいよ》していただき、青少年のために「宇宙展」を開催し、関心を呼びました。

博士　月ではどのような生命体も発見されておりません。これは予想どおりのことです。月には大気がありませんので、たとえ粒子状《りゆうしじよう》の生命体や有機体《ゆうきたい》の分子が到《とう》来《らい》したとしても、それは高速で月面に衝突《しようとつ》し、死滅《しめつ》してしまうからです。

池田　その後、アメリカでは火星探査《たんさ》計画が進められていますね。*

期待《きたい》される火星探査

博士　火星探査機バイキング*が一九七六年にもたらした情報は、微生物《びせいぶつ》が火星の表面に近いところで活動していると推測《すいそく》すれば、まさにそれとぴったり一致《いっち》すると現在では考えられています。

二つの実験がバイキングによって行われましたが、互《たが》いに相容《あいい》れない結果を示《しめ》すものだと当時は考えられました。

一つの実験では、バクテリアの成長に適《てき》した滋養物《じようぶつ》が火星の土壌《どじよう》の上に注《そそ》がれました。すると土壌が泡《あわ》を吹《ふ》き、盛《さか》んに炭酸ガスを放出《ほうしゆつ》しました。つまり、バクテリアがいる場合とまったく同じだったのです。もう一つの実験は有機体《ゆうきたい》の分子を探索《たんさく》するためのものでしたが、何も発見されませんでした。

このふたとおりの結果を総合して、これは火星に生物がいるという説と合致《がっち》しないと考えられました。もし生物が活動していれば有機体の分子が存在するはずであるのに、それが発見されなかったから、というのがその理由でした。

しかし現在では話が違《ちが》ってきています。バイキングの実験と同じことがその後、地球の南極の氷が干上《ひあ》がってしまった峡谷《きょうこく》（そこでは生物の存在が確認《かくにん》されています）で行われ、火星のときと同様の結果が出ました。

南極は生物にとってきわめて不利《ふり》な環境《かんきょう》ですから、生命体内の物質代謝《たいしゃ》は非常にゆっくりとしたペースで進行します。したがって生じる有機物があまりに微量《びりょう》なため、その実験では検出《けんしゅつ》できなかったのです。火星における状況《じょうきょう》もこれときわめて似《に》かよっていると考えられます。

さらに注目《ちゅうもく》すべきことは、バイキングが火星で行《おこな》った実験の結果について、生命存在説以外の見解《けんかい》による説明が、いまだにできないでいるということです。

〈注2〉《一九九六年になって、この事実はＮＡＳＡ（アメリカ航空宇宙局）によって、ようやく認《みと》められるようになりました。十年後に予定されている火星探査《たんさ》のために、今さまざまな計画が立案中《りつあんちゅう》ですが、それはなんと火星から微生物《びせいぶつ》が、それももしかしたら人間の生命に有害な病原性の微生物が地球に持ちこまれるかもしれないので、不測《ふそく》の事態《じたい》にそなえての計画なのです。

池田　一九九六年八月六日、デーヴィッド・Ｓ・マッケイ博士をリーダーとするＮＡＳＡの科学者のチームが、注目《ちゅうもく》すべき発表を行いました。その内容は、火星から地球にやってきた岩石の中に化石化《かせきか》した微生物の存在を示《しめ》す証拠《しょうこ》がある、というものです。これは最近の研究のなかでも、最重要の発見の一つであると思いますが、博士はどのように考えられていますか。

博士　私もまったくそのとおりだと思います。ゆくゆくは、十六世紀のコペルニクス、ガリレオ、ニュートンによる発見や、十九世紀のチャールズ・ダーウィン*による発見にも匹敵《ひってき》する重要な転機《てんき》であったということがわかるでしょう。しかし、この報告にはまだ明確《めいかく》にしなければならない側面《そくめん》が数多く残っています。ＮＡＳＡ

は昨年この発表を行《おこな》ったことで、従来《じゅうらい》の地球中心の生命観を変える、重要なパラダイムの転換《てんかん》をしていることを暗《あん》にほのめかしています。

八月六日の報告は、火星からやってきたと思われる一・九キロの隕石《いんせき》（ALH84001）の調査結果をまとめたものです。ALH84001は、一九八四年に南極大陸のアラン丘陵《きゅうりょう》で発見された一群《いちぐん》の隕石の一つです。約千五百万年前に、小惑星《しょうわくせい》か彗星《すいせい》の衝突《しょうとつ》によって、火星の表面から弾《はじ》き飛ばされたものと考えられます。その放出物《ほうしゅつぶつ》は、その後、太陽の周囲を回っていましたが、一万三千年前に南極圏に落下《らっか》し、発見されるまで、氷に埋《う》もれたままになっていたのです。これらの隕石（別名SNC《スニック》隕石）が火星から来たものらしいということは、いくつかの別個の基準《きじゅん》によって確認《かくにん》されたようです。

そのなかで最も説得力《せっとくりょく》があるものの一つは、隕石の固体部分の内部に閉《と》じ込《こ》められていた数種類の気体が抽出《ちゅうしゅつ》されたことです。これらの気体は、比較的《ひかくてき》多量に存在していたので、火星の大気中で発見された気体に類似《るいじ》していることがわかったのです。また、鉱物部分の内部の酸素同位元素《どういげんそ》＊一七〇対一八〇の比率《ひりつ》は火星で判明《はんめい》した比率《ひりつ》に近いものであり、隕石《いんせき》が火星から来たことを疑《うたが》う理由はまったくないそうです。

池田　隕石は火星から来たものと考えていいようです。なぜそのようなことが確信をもって言えるのか、専門外の者には不思議《ふしぎ》な気がしますが、二十世紀における原子核《げんしかく》の知識の発達によって、このようなことまでわかるようになったのだと思えば、驚異《きょうい》の念《ねん》を禁《きん》じえません。このような知識の重要な基礎《きそ》を築《きず》いたホイル博士やウィリアム・ファウラー博士の業績《ぎょうせき》には感服《かんぷく》いたします。

それに対して、隕石中に生命の痕跡《こんせき》が存在するという点については、どうでしょうか。NASAから発表された走査型《そうさがた》*電子顕微鏡《けんびきょう》によって撮影《さつえい》された写真には、まさにバクテリアのようなものが写っており、専門外の者が見れば、すぐにもこれはバクテリアだと思ってしまいそうです。

しかし、それは地球のバクテリアの百分の一の大きさしかなく、今後予定されている透過型《とうかがた》電子顕微鏡による分析《ぶんせき》でも、生命の直接的な証拠《しょうこ》を得るのはむずかしいと予想されています。実際、火星の隕石を分析したような精密《せいみつ》な実験装置《そうち》で地球の石をこれほど詳《くわ》しく分析《ぶんせき》した経験がないので、地球の石の中のバクテリア化石に関する基本的な知識が不足しているともいわれています。

博士　ＮＡＳＡの科学者たちの調査によれば、隕石《いんせき》ＡＬＨ８４００１の内部には、大きさが一ミクロン（＝一ミリの千分の一）未満の炭酸塩の球体がいくつかあり、そのまわりに複雑《ふくざつ》な有機《ゆうき》分子が沈積《ちんせき》しています。これらの分子は、芳香族《ほうこうぞく》炭化水素系高分子《こうぶんし》を含《ふく》んでいますが、これはバクテリアが分解する時に生じる、特徴的《とくちょうてき》な生成物です。

さらに科学者たちは、数珠《じゅず》つなぎに連《つら》なった微小《びしょう》のバクテリアに構造《こうぞう》や形状が似《に》ているものを実際に発見しました。それらのなかには、磁鉄鉱《じてっこう》——つまり、磁気をおびた酸化鉄——と呼ばれる物質の結晶《けっしょう》も含まれていました。

周知のように、地球上には鉄を酸化させて、磁鉄鉱の結晶とまったく同型のものをつくる一群《いちぐん》のバクテリアがあります。したがって、ＡＬＨ８４００１の内部で発見された磁鉄鉱がバクテリアの活動によって形成されたことは十分考えられます。

さらに生命の痕跡《こんせき》を示《しめ》すと見られる徴候《ちょうこう》がもう一つあります。それは有機物質内で発見された炭素同位元素《どういげんそ》C－13に対するC－12の比率《ひりつ》が、通常よりも高いということです。この現象《げんしょう》は、地球上では、生物の営《いとな》みが行われている時には必《かなら》ず起きるものです。生物は、炭素同位元素のうち、軽いほうを吸収《きゅうしゅう》する傾向《けいこう》が、わずかながら強いからです。

マッケイ博士等は、彼らの提示《ていじ》した判定がさまざまな要因を検討《けんとう》・評価《ひょうか》した結果であることを認《みと》めています。博士等の見解《けんかい》では、今回得られた証拠《しょうこ》を一つ一つ別個に見ると、たしかに控《ひか》えめの解釈《かいしゃく》しかできないかもしれないが、それらを一括《いっかつ》して検討すると、その全体像は微生物《びせいぶつ》の痕跡《こんせき》を示《しめ》しているというのです。

当然のことながら、この火星生物存在説に対して多くの批判《ひはん》がなされていますし、いくつかの問題は解答が見つかっていません。今のところ、解決からはほど遠い状況《じょうきょう》であり、ここ数年間は、そうした状態《じょうたい》がつづくかもしれません。おそらく次回の火星探査《たんさ》によって、微生物の化石とか、もしかしたら生きる力《ちから》をそなえた微生物といった、もっと決定的なサンプルが地球に持ち帰られるまで待たなければならないでしょう。

池田　聞くだけで胸が躍《おど》る話ですね。この先、どのように展開するか、興味深《きょうみぶか》く見守っていきたいと思います。》

ボイジャーの成果

池田　惑星探査機《わくせいたんさき》によって人類は、冥王星《めいおうせい》を除《のぞ》いて、八つの惑星や衛星《えいせい》の素顔《すがお》を知ることができるようにもなりました。なかでもボイジャー1、2号の活躍《かつやく》には目を見張《みは》るものがあります。一九七七年に相次《あいつ》いで打ち上げられ、木星・土星・天王《てんのう》星《せい》・海王星《かいおうせい》のシャープな画像《がぞう》を送ってくれました。とくにボイジャー2号は、十二年の歳月《さいげつ》をかけて海王星まで旅をし、貴重《きちょう》なデータを送ってくれました。

たとえば、海王星の大衛星であるトリトンでは、火山から噴《ふ》き出《だ》したと思われる長い噴煙《ふんえん》の帯《おび》が認《みと》められております。トリトンは、表面温度がマイナス二三六度という、太陽系で最も冷たい天体ですが、それにもかかわらず火山が認められます。

また、長い噴煙の跡《あと》が残るためには、秒速百メートル以上の暴風《ぼうふう》が吹《ふ》いていなければならない、といわれております。

こうした発見は、宇宙の実相《じっそう》を解明《かいめい》していくうえで貴重《きちょう》なステップとなるでしょう。そして、今この探査機《たんさき》は、太陽系の外に向かって果《は》てしない旅をつづけています。

博士　ボイジャー2号が海王星《かいおうせい》とその衛星《えいせい》に最接近《さいせつきん》したのは、一九八九年八月のことでした。これは今世紀《こんせいき》における太陽系探査のクライマックスであり、グランドフィナーレでもありました。この快挙《かいきょ》は、私にとってとくに興味深《きょうみぶか》いことでした。というのは、＊外惑星《がいわくせい》の天王星《てんのうせい》と海王星は、本質的には彗星《すいせい》によって約五十億年前に形成されたものだからです。

海王星は太陽から約二十七億マイル（＝太陽からの平均距離《へいきんきょり》は約四十五億キロ）も離《はな》れており、太陽から受けるエネルギーは、地球と比較《ひかく》すれば〇・一パーセントにすぎません。ところが海王星は、自分が受ける量の何倍ものエネルギーを放出《ほうしゅつ》しているのです。それは主として、大気中における激《はげ》しい暴風《ぼうふう》活動となって放出されています。

この暴風《ぼうふう》エネルギーの研究成果があざやかに示唆《しさ》しているのは、凍結《とうけつ》した地殻《ちかく》の下側では微《び》生物《せいぶつ》が活動しているということなのです。メタン等のガスは地表の下側で圧力が上がり、割《わ》れ目《め》や穴《あな》から散発的《さんぱつてき》に放出《ほうしゅつ》されることがあります。海王星《かいおうせい》の衛星《えいせい》であるトリトンの劇的《げきてき》な写真は、凍結した溶岩流《ようがんりゅう》や火山活動の証拠《しょうこ》を示《しめ》しています。このこともやはり、微生物段階の生命体がそこで盛《さか》んに成育している可《か》能性《のうせい》があることを意味していると私はみています。

池田　地球外生命体の探査《たんさ》に情熱を燃《も》やすアメリカの天文学者カール・セーガン*博士たちは、惑星《わくせい》探査機ボイジャー1、2号に、異《い》星人《せいじん》への〈メッセージ〉を刻《きざ》んだ金張りの銅製レコードを積《つ》みこみました。

その中には、地球上の六十種類の言語による〈あいさつ〉や、ザトウクジラの鳴き声、波《なみ》や風の音、数多くの文化圏の優《すぐ》れた音楽、さらに人々の生活などを伝える百十六枚の写真などが、音の信号に変えられて収録されています。

ボイジャーに積まれたレコードは、宇宙空間の厳《きび》しい環境《かんきょう》にも十億年は耐《た》えられるようにつくられているとのことです。私もセーガン博士から、そのカセットテープを二本いただきました。

博士からの手紙には、「わが地球家族の文化的豊饒《ほうじょう》と多様性のなにがしかを、地球外の生物に伝えようとする初めての試《こころ》みです。この芸術品をどうぞお楽しみください」とありました。いつの日か、この〈人類の手紙〉がE.T.*に拾《ひろ》われ（笑い）、解《かい》読《どく》されることがあると期《き》待《たい》できるでしょうか。

博士　ボイジャーが太陽系の領域《りょういき》の外に飛びだし宇宙の深奥部《しんおうぶ》に入ってしまえば、その手紙がE.T.の手に入るのはありえないことではないと思います。

太陽系のほかの惑星《わくせい》に高等動物がいると思っている人には、過去四半世紀におよぶ宇宙探査《たんさ》の結果はがっかりだったでしょう。しかし、高等動物よりもはるかに適《てき》応範囲《おうはんい》の広い、より原始的なバクテリア類の存在を示《しめ》す証拠《しょうこ》はふんだんに発見されているのです。

私たちはほかの惑星に宇宙服を着た人間や都市が存在するのを見たわけではありません。バクテリア類がいることを示す間接的な証拠があるだけです。これは、そうしたいと思えば見ないふりをすることも、否《ひ》定《てい》することも容易《ようい》にできるわけです。私たち人間のような生物が遠くの惑星系《わくせいけい》にいるという直接的な証拠《しょうこ》は、なかなか手に入れにくいでしょう。

だが、私たちの身体は、本質的には〈バクテリア的〉な単位によって構成《こうせい》されています。したがって、そうした単位が宇宙的な規模《きぼ》で多量に存在しているということは、それよりも高等な生物も同じくらい多数存在していることを意味するにちがいありません。

知性の面で私たちと同程度の、あるいはもっと優《すぐ》れた生物の存在が、広大な宇宙の中では別に珍《めずら》しいものではないにちがいありません。

池田　今年、一九九二年から、ＮＡＳＡによる地球外文明探査《たんさ》計画がスタートすると報道されました。電波望遠鏡*を使い、十年間、探査がつづけられるといいます。

高等な知的生命体と出会うことは、古代からの人類の夢でもありました。また、この宇宙にどれほどの文明が存在するかは、現代人がいだく関心事《かんしんじ》です。

この銀河系《ぎんがけい》だけでも千個の文明があるという学者もいますが、博士はどのようにお考えですか。

博士　私の見解《けんかい》では、生命の重要な属性《ぞくせい》はすべて地球の外からやってきたものです。したがって意識《いしき》も知性も、また技術文明を発達させる能力《のうりょく》も、同様に地球外から得られたにちがいありません。もしそうだとすれば、生命の誕生《たんじょう》するすべての惑星《わくせい》は、地球が通ってきたのと同様の過程《かてい》、つまり知性と、原子力の開発を含《ふく》む高度技術能力とが自然に現出《げんしゅつ》するという過程を、いつかは経《へ》ることになりましょう。これは絶《た》えることのない自然界の法則なのです。

ところで、私たちがそのことについて、まったく情報をもっていない問題が一つあります。それは、一つの高度技術・原子力文明がどれほど長く存続《そんぞく》するかということです。

繁栄《はんえい》に不可欠《ふかけつ》な〈平和の哲学〉

池田　私も、ほかの惑星上でも大自然の法則は地球や太陽系と共通しているゆえに、その文明はいつかは〈原子核《げんしかく》〉を発見し、原子力時代に入っていくと思います。したがって、この高度科学技術文明を長く繁栄《はんえい》させていくには、〈核〉の力《ちから》をコントロールできる〈平和の哲学〉を確立しゆくことが必須《ひっす》条件であると思うのです。

その惑星上《わくせいじょう》に生を受けた知的生命体が、平和を志向《しこう》する哲学・宗教をもち、慈悲《じひ》の精神に満《み》ちている状態《じょうたい》でなければ、高度科学技術文明の安定性は望《のぞ》みえないでしょう。知的生命体がエゴと傲慢《ごうまん》に支配されていたのでは、〈核〉を悪用して自己の文明そのものを破壊《はかい》してしまうからです。

大乗《だいじょう》仏教では、この宇宙には多彩《たさい》なる仏国土《ぶっこくど》が存在し、ダイナミックに交流する姿が説《と》かれております。たとえば法華経《ほけきょう》の「序品《じょほん》」*には「此土六瑞《しどろくずい》」*・「他土六瑞《たどろくずい》」*という瑞相《ずいそう》が説かれ、釈尊《しゃくそん》が、集まってきた衆生《しゅじょう》に妙法蓮華経という偉大《いだい》なる法を説き始めることを知らせる場面が、生き生きと描《えが》かれています。

その中で、「爾《そ》の時に仏《ほとけ》、眉間白毫相《みけんびゃくごうそう》の光を放《はな》ちて、東方万八千の世界を照らしたもうに、周偏《しゅへん》せざること靡《な》し」〈そのとき、仏（釈尊）は、眉間にある巻き毛から光を放って、東方の一万八千の世界を照らされたが、その光はあまねく行き渡《わた》らないところはなかった〉と、仏《ほとけ》が眉間《みけん》から光明《こうみょう》を発し、東方一万八千の世界という広大な領域《りょういき》を照らしだしたことが示《しめ》されています。それぞれの世界では、仏が出現しており、菩薩《ぼさつ》や衆生《しゅじょう》が仏とともに修行《しゅぎょう》し、平和で安穏《あんのん》な社会を築《きず》き上《あ》げている様相《ようそう》が描《えが》きだされていきます。

また＊仁王経《にんのうきょう》には、「大王吾《わ》が今化《け》する所の百億の須弥《しゅみ》・百億の日月《にちがつ》・一一の須弥に四天下《してんげ》有り」（大正八巻）〈大王（プラセーナジット王＝波斯匿王《はしのくおう》）よ、今、私（釈尊《しゃくそん》）が教《きょう》化《け》する百億の須弥山《しゅみせん》に百億の日月があり、その一つ一つの須弥山に四つの大陸がある〉とされております。

一つの須弥山と、それをとりまく太陽・月と四天下とは、現代天文学の知見《ちけん》からすれば太陽系に相当するでしょう。太陽のような恒星《こうせい》と地球のような惑星《わくせい》を有し、そこに知的生命体を誕生《たんじょう》させている天体が百億もあるというのです。

このように大乗《だいじょう》仏教では、生命を宿《やど》す世界が宇宙に遍満《へんまん》することを大前提《だいぜんてい》として法が説《と》かれております。敷延《ふえん》すれば、仏教の法理《ほうり》による〈精神革命《かくめい》〉〈魂《たましい》の革命〉が恒久《こうきゅう》平和をもたらし、それらの星における高度な科学技術文明を永続化《えいぞくか》させる原動力になるということです。

博士　核《かく》時代は第二次世界大戦の終戦直後に始まったので、まだ五十年もたっていません（＝対談時）。今後どれくらいつづくかが問題です。

ここで、恒星《こうせい》の寿命《じゅみょう》が銀河系《ぎんがけい》の百億年の歴史のなかに無作為《むさくい》に配分されているとし、仮定《かてい》してみましょう。もし一つの原子力文明が五千年つづいてから自滅《じめつ》するとし、また数十億個の恒星が知的生命体の生息《せいそく》に適《てき》する惑星《わくせい》をともなっているとすれば、どの時点をとってみても数千の文明があるにすぎないでしょう。

しかし、仮に平和主義的な哲学が私たちの望《のぞ》みどおりに、いつかは優位《ゆうい》を占《し》めるようになるとすれば、多くの文明が数百万年つづかないわけはありません。もしそういう状態《じょうたい》が実際につづいてきたと仮定すれば、何百万という数の知的文明が、現時点において銀河系の中に共存していることになるでしょう。

しかし、もし私たちが、宇宙から「こんにちは」という最初のあいさつを聞くことがあるとすれば、そのときこそ人類史の行路《こうろ》が劇的《げきてき》に変わることでしょう。私たちは、ようやく地球中心・自己中心の傲慢《ごうまん》な態度《たいど》を捨《す》て去《さ》り、それに替《か》えて地球の生態系《せいたいけい》全体を、そして全宇宙を考慮《こうりょ》に入れるという姿勢、つまり仏教が提唱《ていしょう》しているような姿勢をとらざるをえなくなるでしょう。

＊本項中の〈注1〉〈注2〉の個所については、『池田大作全集103』の刊行の際に、両対談者の希望もあり、付け加えられたものである。

三　宇宙の調和とリズム

池田　私は何人かの米ソの宇宙飛行士と対談しましたが、ジェラルド・P・カー博士は、宇宙飛行を経験して「この宇宙には、厳然《げんぜん》とした調和と秩序《ちつじょ》があることを感じた」と言っておりました。

夜と昼の確《たし》かな移《うつ》り変《か》わり、光り輝《かがや》く太陽と漆黒《しっこく》の星空のコントラスト、青く美しい地球、日没《にちぼつ》をむかえるあたり一帯の、大気の色調の微妙《びみょう》な変化などに接し、調和と秩序の存在が理屈《りくつ》を超《こ》えて迫《せま》ってきた、というのです。

博士には、このような体験はありますか。

博士　もっと平凡な体験ですが、あります。

私自身にとって、このうえなく幸せな〈自然界〉との交《まじ》わりは、たとえば、よく晴れた月のない夜に、熱帯地方の浜辺を一人でそぞろ歩きしながら、目で満天《まんてん》の星を見つめ、耳では魔法《まほう》のように心を和《なご》ませてくれる波《なみ》の音に聞き入る、というようなことです。

そんなときに私は、畏敬《いけい》の念《ねん》に圧倒《あっとう》され、個人としての自分の存在がたちまち消《き》え失《う》せて、宇宙の無限《むげん》の広がりと一体になるのを感じます。

池田　宇宙を研究していると、だれびとも、その絶妙《ぜつみょう》なる調和と厳然《げんぜん》とした秩序《ちつじょ》を感じないではいられないときがあるようです。また、〈個と全体〉〈人間と宇宙〉の深遠《しんえん》なる関連性に思いいたることも少なくないと思われます。

それは、宇宙飛行士や研究者に限《かぎ》られることではないでしょう。

以前、日本のある天文学者と話し合ったのですが、イギリスの詩人ウィリアム・ブレイク*の詩の中にも、

ひとつぶの砂にも世界を
いちりんの野の花にも天国を見

きみのたなごころに無限《むげん》を
そしてひとときのうちに永遠をとらえる
（『ブレイク詩集』寿岳文章訳、彌生書房）

という、〈生命の詩〉ともいうべき一節があります。
この詩の一節に、アインシュタインをはじめ、量子力学《りょうしりきがく》の建設にたずさわった多くの科学者たちが影響《えいきょう》を受けたとも聞きました。

博士　私も、宇宙にはもともと、ある種《しゅ》の調和がそなわっていること、そしてその調和は、それを感知《かんち》できる人々の心に深い感情を起こさせる力《ちから》をもっていることを確信しております。その経験は神秘的《しんぴてき》で美しいものです。
前にも申し上げましたが、私は青年のころ、よくそうした感情を俳句風《はいくふう》の詩で表現したものです。私は日本の偉大《いだい》な俳人《はいじん》・芭蕉《ばしょう》に深く感化されていました。いくつか例を挙《あ》げてみましょう。

調和あり　輝《かがや》く星と　仰《あお》ぐ我《わ》れ
万億の　星と交《まじ》わり　独《ひと》り立つ
静《しず》けき夜　花も音無《な》く　落《お》つるなり

これらの句は、芭蕉《ばしよう》の模倣《もほう》としては、あまりにも下手《へた》であるかもしれません。しかし私の見解《けんかい》では、俳句《はいく》は、私たちと宇宙との深いつながりを表現するための芸術的媒介《ばいかい》として理想的なものです。今、ブレイクの詩の一節を引用されましたが、イギリスには、それと同様のことを別の言い方で表現した詩句が数多くあります。

池田　アインシュタインも、大宇宙の空間を考えぬいたとき、それを思慮《しりよ》している彼自身の〈内なる心〉という〈小宇宙〉の無限《むげん》の広がりに、思いいたらざるをえなかったといいます。〈小宇宙〉としての〈心〉の世界、〈生命〉の内奥《ないおう》の領域《りよういき》のあまりの厳粛《げんしゆく》さ、神秘《しんぴ》さ、壮麗《そうれい》さに、アインシュタインはそれを「宇宙的宗教感情」という言葉で表現せざるをえなかったのだと思います。

仏教の「我即宇宙《われそく》」「宇宙即我」の法理《ほうり》が開示《かいじ》する生命感情、すなわち人間生命の淵源《えんげん》に刻《きざ》み込《こ》まれた、大宇宙にまで遍満《へんまん》しゆく歓喜の潮流とは、アインシュタインの言う「宇宙的宗教感情」が志向《しこう》していたものであると私は思うのです。

またホイル博士も、永劫《えいごう》にして無限《むげん》なる宇宙存在を感知《かんち》して、宗教的ともいえる畏敬《いけい》の念《ねん》をいだいていたのではないでしょうか。

博士　ホイル博士は、たしかに、そうした「宇宙的宗教感情」をもっています。

博士は、神とは宇宙の根元をなしている論理構造《ろんりこうぞう》にほかならないと考えています。つまり、神とは自然界の諸法則と同義であるとみなしていいでしょう。

博士は、ユダヤ・キリスト教的な神のモデルを最初から受け入れませんでした。彼の信念は、まさに仏教の教えるところと一致《いっち》しています。つまり、もし〈神〉なる〈もの〉が本当に存在するとすれば、それは自分自身の中に発見されなければならない、ということです。

四　仏教の宇宙論

科学思想とも調和

博士　私が思いますのに、現代科学の宇宙論の方向性は、仏教の宇宙観にきわめて接近《せっきん》しています。私は、この接近に強くひかれます。この興味深《きょうみぶか》い事実を認識《にんしき》することは、私たちの生きている時代を正しく理解することに通じます。現代は間違《まちが》いなく、まったく新しい世界観を求めています。私が池田先生にお会いし、語っていただきたいと思う重要な理由がそこにあります。

池田　わかりました。それでは、仏教の開示《かいじ》する宇宙論について、まず語り合いましょう。宇宙根源《こんげん》の永遠なる生命を探求《たんきゅう》し、開示しゆく仏教では、原始仏教以来、*

壮大《そうだい》なる世界観・宇宙論が説《と》かれております。

たとえば*北伝《ほくでん》仏教では、古代インドの宇宙観がまず*部派《ぶは》仏教に取り入れられ、仏教の宇宙論として体系化《たいけいか》されています。*世親《せしん》の*『倶舎論《くしゃろん》』には、「世界の中心に須弥山《しゅみせん》があり、その周囲に九山八海《くせんはっかい》が位置し、最も外側の鉄囲山《てっちせん》が一世界を囲《かこ》んでいる」と述べられています。この中に人間の住む南閻浮提《なんえんぶだい》があり、天空には一つの太陽、一つの月、星があるというイメージです。そうすると一世界は、いわば一つの太陽系であると考えることもできましょう。この一世界が千個集まって小千世界になります。小千とは一千のことです。

したがって、太陽系のように生命をそなえた惑星《わくせい》をもつ世界が千個あると考えれば、小千世界とは銀河系《ぎんがけい》を形成していくようなものに相当すると考えられましょう。

さらに、これが千個集まって中千世界を構成《こうせい》する。中千とは二千と表現されていますが、これは千の二乗《にじょう》、つまり百万個の世界を意味します。さらに、その中千世界が千個集まって*三千大千世界になるという考え方です。大千とは三千のことですが、これも千の三乗《さんじょう》ですから、十億個の世界となります。この三千大千世界が、生成・消滅《しょうめつ》を繰《く》り返《かえ》しつつ流転《るてん》していくというイメージです。大乗《だいじょう》仏教になると、この三千大千世界を基盤《きばん》としながら、さらに広大な宇宙観が描《えが》かれていきます。

たとえば*梵網経《ぼんもうきょう》では、中央に毘盧遮那仏《びるしゃなぶつ》という仏《ほとけ》がおり、それを取りまく千葉《せんよう》（＝千の花びら）の蓮華《れんげ》の上に、千の釈迦仏《しゃかぶつ》がおります。その蓮華の一つ一つの花弁《かべん》に百億の須弥山《しゅみせん》世界があります。そして、この一つの世界にも、それぞれ釈迦仏がいます。そうしますと、この一葉の蓮華の中だけでも、三千大千世界、つまり十億個の世界の十倍になります。

博士　仏教の宇宙観は、人類の思想史上、たいへん早い時代に現れたという意味で目を見張《みは》るものがあります。

紀元前三世紀に生きたサモスの*アリスタルコスは顕著《けんちょ》な例外ですが、十六世紀に入ってもしばらくつづいていたヨーロッパの支配的な見解《けんかい》は、地球が物理的宇宙の中心であるということでした。

池田　宇宙論には地動説《ちどうせつ》と天動説《てんどうせつ》があるわけですが、アリスタルコスは、地動説の考え方で宇宙を説明した最初の人とされています。ただ時代が早すぎたため当時の人々に受け入れられず、＊ストア学派から不信心の非難《ひなん》をあび、彼の学説はすたれていってしまいました。

博士　そうです。アリスタルコスは当然のことながら、偉大《いだい》な天才でした。彼は、恒星《こうせい》がはるかかなたにあること、太陽が地球よりずっと大きいこと、そして地球が太陽のまわりを回っていることを推定《すいてい》していました。私たちが立っている惑星《わくせい》が宇宙の中心にあるにちがいないという主張は幼稚《ようち》で、発想も貧弱《ひんじゃく》な考え方です。

原始時代の私たちの祖先《そせん》は、恒星の間をぬって惑星が動き、四季折々に恒星が昇《のぼ》ったり沈《しず》んだりするさまを見て、天の光景全体が人間に合うように意図《いと》されている、と考えるのが自然に思われたことでしょう。西暦《せいれき》一、二世紀からヨーロッパに勢力を張ったキリスト教は、次の見方《みかた》が存続《そんぞく》することを奨励《しょうれい》しました。

「神は二つの大きな光を造《つく》り、大きい光に昼をつかさどらせ、小さい光に夜をつかさどらせ、また星を造られた。神はこれらを天のおおぞらに置いて地を照らさせ

……」（「創世記」、『旧約聖書』。訳は日本聖書協会のものによる）

地球と人間は、はっきりと舞台《ぶたい》の主役になっています。この天動説《てんどうせつ》の立場は、最初から天文学の進歩には障害《しょうがい》だったのです。さまざまな事実から、地球が宇宙の中央の位置を占《し》めていないことが明らかになったとき、この宗教的見解《けんかい》を放逐《ほうちく》するために起きた社会科学的闘争《とうそう》は、苦痛《くつう》に満《み》ちた残酷《ざんこく》なものでした。

これとは対照的《たいしょうてき》に、仏教の宇宙観は、最も現代的な科学思想ともみごとに調和します。

〈外なる宇宙〉と〈内なる宇宙〉

池田　仏教の洞察《どうさつ》の眼《まなこ》は、〈外なる宇宙〉と〈内なる宇宙〉を見つめています。生命の内面の探求《たんきゅう》において、釈尊《しゃくそん》の仏教全体を見ると、修行《しゅぎょう》の基盤《きばん》には＊禅定《ぜんじょう》・瞑想《めいそう》がすえられています。そして、そのほかのさまざまな修行法――たとえば、種々《しゅじゅ》の戒律《かいりつ》を順守《じゅんしゅ》する持戒《じかい》とか、他者への慈愛《じあい》の行為《こうい》である布施行《ふせぎょう》など――を組み合わせながら、自身の、一個の人間生命の内面へと深化《しんか》していく。すなわち、〈内在的《ないざいてき》〉なものへの洞察《どうさつ》であります。

内在するものへの探求《たんきゅう》は、個の次元《じげん》を超《こ》えてトランスパーソナル（超個《ちょうこ》）な領域《りょういき》へと入っていきます。すなわち家族・友人等の生命と融合《ゆうごう》し、民族・国家の次元、さらには人類の次元にまで深まり拡大していきます。

次いで生物と共通する次元へ、そして地球という惑星《わくせい》、恒星《こうせい》の生死流転《しょうじるてん》の次元を突破《とっぱ》して、宇宙それ自体と一体となるところまで進んでいきます。釈尊《しゃくそん》は、宇宙それ自体を生みだしていくような〈根源《こんげん》の生命〉を、自身の内奥《ないおう》に覚知《かくち》したのです。

換言《かんげん》すれば、自身の生命の内側に〈内なるコスモス〉を洞察し、しかも、その源《げん》泉《せん》となる宇宙生命それ自体に到達《とうたつ》した。ところが、その根源的なるものは、そのまま〈外なる宇宙〉と一体であった。ゆえに今度は、〈根源の生命〉の側《がわ》から出発して、外界《がいかい》・現象界《げんしょうかい》へと視野《しや》を向けると、〈外なる宇宙〉における物質進化・化学進化・生物進化から人間意識《いしき》の進化へと飛翔《ひしょう》し、個別化する現象界のすべてにおよぶことがわかったのです。

つまり、〈内在《ないざい》〉の究極《きゅうきょく》において即《そく》〈超越《ちょうえつ》〉を意味していた。仏教においては、〈内在〉といっても、それはたんなる〈生命の中のもの〉ではなく、〈内なるコスモス〉は、そのまま現象界《げんしょうかい》を形成しゆく〈外なるコスモス〉と相即《そうそく》の関係にあるものだという意味で、〈内在即超越〉とか〈超越即内在〉という言い方をするのです。

博士　それは、大事な視点《してん》だと思うのです。もっと仏教の英知に目を向けるべきだと思います。

ところで、私たちは当然のことながら、地球が太陽のまわりの軌道《きどう》を回る九つの*惑星《わくせい》の一つであることを知っています。太陽は光速で十一時間ほどの広がりをもつ太陽系の中心にあります。私たちは、太陽が、十万光年の直径をもつ銀河《ぎんが》にある莫《ばく》大《だい》な数の恒星《こうせい》の中の、一つのまったく普通の恒星であることを知っています。私たちは、この銀河系が広大な観測可能《かんそくかのう》の宇宙に存在する数千億もの銀河の一つであることも知っています。

これらの概念《がいねん》は、今話された仏教の宇宙観の基本ときわめて類似《るいじ》しているのです。もちろん、特定の体系《たいけい》のなかに何千、あるいは何百万の物体があるのかという細《こま》かい数字の話になれば、現代の考えとは矛盾《むじゅん》します。

しかし私は、そのような細かいことは文句を言うほどのことではないと思います。なぜなら、古代の言語で使われる言葉は、その意味に大幅《おおはば》な不確実性《ふかくじつせい》があるかもしれないからです。

たとえば、「*倶胝《くてい》」が意味するのは千か、百万か、十億かということは、現代においては明確《めいかく》に解決することはできません。

池田　そのとおりです。単位の大きさについてはさまざまな説があり、一*劫《こう》とはどれくらいの長さなのか、仏典《ぶってん》では種々《しゅじゅ》の譬喩《ひゆ》をもって示《しめ》されています。

たとえば、『*大智度論《だいちどろん》』には、長寿《ちょうじゅ》の人がいて、四千里四方の石山を、百年ごとに柔《やわ》らかい衣《ころも》でふいて、石山が磨耗《まもう》し尽《つ》くしても一劫はまだ終わらないとか、同じく四千里四方の大城を芥子《けし》で満《み》たし、百年に一度、一粒《ひとつぶ》をとるとして、すべての芥子を取り尽くしても劫は終わらない、などと説《と》かれています。博士がご指摘《してき》になったように、大幅な不確実性がはらまれており、それよりも基本的な考え方に注目《ちゅうもく》すべきであると思います。

『倶舎論《くしゃろん》』などでは、劫《こう》が八十集まって〈大劫〉と呼んでおります。この大劫に対して、普通の劫を〈小劫〉または〈中劫〉と呼びます。この中劫が、二十ずつ（二十中劫）で変化していきます。これが*「成住壊空《じょうじゅうえくう》」の法理《ほうり》です。つまり、この宇宙が「成」（二十中劫）、「住」（二十中劫）、「壊」（二十中劫）、「空」（二十中劫）の四つの段階に変化し、何度も何度も生成・消滅《しょうめつ》を繰《く》り返《かえ》していくという壮大《そうだい》な宇宙観を説《と》いています。なお、「成住壊空」（四劫《しこう》）の一サイクルを一大劫とします。

このように仏教では、空間・時間の両面にわたる宇宙観を構成《こうせい》していますが、時間論の展開も、現代天文学によって築《きず》かれた宇宙像ときわめて類似《るいじ》しているように思います。

太陽系の「成住壊空」

博士　私は、仏教の宇宙進化論の「四劫」つまり「成住壊空」を、星のライフサイクルを表しているものと考えたいのです。

太陽を例にとって説明しましょう。太陽のような恒星《こうせい》は、質量として七四パーセントの水素、二四パーセントのヘリウム、約一・五パーセントの炭素・窒素《ちつそ》と酸素、そのほか残りの〇・五パーセントほどは、マグネシウム・シリコン・鉄のような重い元素《げんそ》を含《ふく》む*星間雲《せいかんうん》の断片《だんぺん》として、その生涯《しょうがい》のスタートを切ったのです。

池田　これは、成住壊空《じょうじゅうえくう》の考え方で言えば、「空」から「成」への間にあたる時期と言ってよいでしょうか。

博士　そう言えると思います。水素とヘリウムはガス状ですが、それ以外は大部分が固形の塵粒子《じんりゅうし》――ホイル博士と私が過去十年間に展開した理論によれば、生命粒子つまりバクテリア――として存在しています。

この星間雲の断片は重力のため収縮《しゅうしゅく》し、重力のエネルギーが熱のエネルギーに変わります。最初は熱エネルギーは光となって外へ出ていき、熱はたまりませんが、収縮が進むと密度《みつど》が上がって不《ふ》透明《とうめい》になり、光が逃《に》げだせなくなり、熱くなります。収縮はつづき、中心部の温度は千万度で核反応《かくはんのう》が始まるところまで上昇《じょうしょう》します。これらの核反応は、主に水素をヘリウムに変換するので、太陽やほかの大部分の恒星は、その生涯《しょうがい》の長きにわたって輝《かがや》きつづけるのです。
太陽の場合、ガス状の雲から生成する最初の段階は比《ひ》較的《かくてき》短く、約二千万年ほどです。この段階で惑星《わくせい》や彗星《すいせい》が形成されますが、これらが後に生物の誕生《たんじょう》と進化に結びついていくのです。
池田　生成・建設期の「成《じょう》」の時代を経《へ》て、次に安定期つまり「住《じゅう》」の時代へと移《うつ》っていくのがこの段階ですね。
博士　そうです。太陽の安定期は約百億年つづくと推定《すいてい》されています。現在は、この安定期のほぼ半《なか》ばです。
池田　そうしますと、地球の寿命《じゅみょう》もあと五十億年あることになりますが。
博士　そのとおりです。
池田　世界中の人々が安心することでしょう。（笑い）
博士　ところで、原始生物はほぼ四十億年、地球上に存在していますが、知的生物の誕生はごく最近のことで、百万年もたっていません。
あと五十億年ほどたつと、太陽の歴史における安定期は終わるでしょう。そのころになると、ヘリウムのコア（核《かく》）が中心部に形成されます。すると太陽と、その外層《がいそう》の部分が急速《きゅうそく》に膨張《ぼうちょう》し、＊赤色巨星《せきしょくきょせい》になります。

池田　これは「住《じゅう》」から「壊《え》」に向かう段階ですが、太陽が赤色巨星になると、地球軌道《きどう》の大きさぐらいまで大きくなるとされていますが。

博士　このときまでには、地球上の生物は、ほぼ確実《かくじつ》に絶滅《ぜつめつ》してしまっていることでしょう。ただ外惑星《がいわくせい》の衛星《えいせい》では、生命がもう少し長く存続《そんぞく》することも十分にありえます。

赤色巨星となった太陽は核反応《かくはんのう》を連続的《れんぞくてき》に起こし、炭素・窒素《ちつそ》・酸素と、水素やヘリウムより重い元素《げんそ》を生みだしますが、爆発《ばくはつ》によって、各種《かくしゅ》の元素は最終的に、星間《せいかん》空間に放《ほう》りだされることでしょう。

太陽の場合、終局《しゅうきょく》の状態《じょうたい》は＊白色矮星《はくしょくわいせい》ですが、それより若干《じゃっかん》大きい星の場合は、最終結果として超新星《ちょうしんせい》になります。

池田　「壊」「空《くう》」という終局の状態まで話が進みましたが、知的生命の出現が考えられるのは「住」の時代ですね。

博士　そのとおりです。〈太陽系〉の進化における最も重要な発展段階は、生命の誕生《たんじよう》と意識《いしき》および知性の発達にちがいありません。ホイル博士と私は、あらゆる生命情報は太陽系の外から宇宙塵《うちゆうじん》によって運ばれてきた、と主張してきました。

この見《み》方《かた》によれば、全生物の情報は、一つ一つの太陽系が進化するにつれて、そのなかに導入《どうにゆう》された宇宙の属性《ぞくせい》にちがいないのです。私たちの考えでは、そうした宇宙の〈遺伝子《いでんし》〉から発達した私たちのような生物は、知性を得たことにより、人類の誕生と進化に関する真実を覚知《かくち》する生得《しようとく》の能力《のうりよく》をもっているのです。

生命の根源《こんげん》への洞察《どうさつ》

池田　これまで星のライフサイクルについて、「成住壊空《じようじゆうえくう》」の法理《ほうり》が成り立つことを見てきました。銀河《ぎんが》系《けい》*や銀河団の次元《じげん》においても、この「成住壊空」の原理はあてはまると考えられますか。

博士　もちろん、この概念《がいねん》をもっと大きなスケールで応用することもできるでしょう。銀河《ぎんが》の寿命《じゅみょう》にも「四劫《しこう》」と似《に》かよった時間的区分があると思われます。同じことが銀河団や超*銀河団についてもいえるでしょう。

池田　銀河系宇宙の流転《るてん》は、小千世界の成住壊空《じょうじゅうえくう》に相当し、銀河団や超銀河団の次元《じげん》は、三千大千世界での「四劫」としてイメージされると思われます。ところが、先ほど述べましたように、大乗《だいじょう》仏教になりますと、部派《ぶは》仏教における三千大千世界説や四劫説を取り入れながらも、さらに広大無辺《こうだいむへん》な宇宙観が展開されていきます。

とくに法華経《ほけきょう》の*「如来寿量品《にょらいじゅりょうほん》」においては、〈五百塵点劫《じんてんごう》の譬《たとえ》〉で釈尊《しゃくそん》が〈久遠《くおん》の仏《ほとけ》〉（永遠なる仏）であることを示《しめ》しておりますが、その譬喩《ひゆ》の中に、無始無終《むしむしゅう》の宇宙観が開示《かいじ》されるにいたるのです。

この〈譬喩〉は、五百千万億那由佗阿僧祇《なゆたあそうぎ》の三千大千世界を粉々《こなごな》にすりつぶして微塵《みじん》とし、東方の五百千万億那由佗阿僧祇の国を過ぎて一塵を落とし、こうして同じようにすべての微塵を落とし終えたあと、今度は塵《ちり》を落とした国土も、落とさなかった国土も合せて微塵として、その一塵を一劫《こう》とするというのです。ここに、五百千万億那由佗阿僧祇《なゆたあそうぎ》という数字が挙《あ》げられておりますが、その意味は、五×百×千×万×億×那由佗×阿僧祇ということです。

ここでいう那由佗は千億をさし、阿僧祇は無数の意味ですが、これは、決して「無限《むげん》の数」という意味ではありません。つまり、10^{59}の数字をいいます。そうしますと、五百千万億那由佗阿僧祇の三千大千世界の宇宙というだけでも、現代の天文学的数字をもはるかに超《こ》える規模《きぼ》であるといわなければなりません。

仏教ではなにゆえ、このような壮大《そうだい》なる宇宙論を展開しえたかといえば、前述《ぜんじゅつ》のように、仏教の洞察《どうさつ》の眼《まなこ》がまず生命内奥《ないおう》に向けられ、そこに展開される〈内なるコスモス〉（小宇宙）の解明《かいめい》を通じて、宇宙生命の根源《こんげん》にまでいたりえたからだと思われます。

この宇宙根源の大生命は、〈外なるコスモス〉として展開する現象《げんしょう》宇宙（大宇宙）への源泉《げんせん》でもあり、母体《ぼたい》ですから、それを基盤《きばん》にすることによって、仏教は〈外なるコスモス〉の様相《ようそう》をもイメージしえたのだと思われます。

博士　生命の〈小宇宙〉と、外的世界としての〈大宇宙〉との関係が存在するのは、前者が後者から出たこと——一方が他方を含《ふく》んでいるという単純《たんじゅん》な理由によるものです。ですから、深い内省《ないせい》や瞑想《めいそう》によって、外的宇宙に関する真理が開示《かいじ》されることがときどきあったとしても、私は驚《おどろ》くべきこととは思いません。

仏教に説《と》かれるさまざまな宇宙論は、まさに今述べられたような経緯《けいい》により発見されたにちがいありません。私たちの心には、私たちの内なる生命の〈小宇宙〉と外なる〈大宇宙〉の橋渡《はしわた》しをする能力《のうりょく》があるにちがいありません。

五　現代科学の宇宙論をめぐって

主流の「ビッグバン説」

博士　近年の天文学者にとって最大の課題《かだい》は、宇宙はどのようにして始まったのか、ということです。宇宙はビッグバン（大爆発《だいばくはつ》）によって始まったのか、あるいは宇宙はもともと存在していて、今もそのままなのか、といったことです。そのどちらかの選択《せんたく》を迫《せま》られているわけですが、現在、多くの科学者が信じ、主流となっているのは「ビッグバン説」*です。

池田　私は青年時代に、戸田第二代会長から、この宇宙は〈原始の火の玉〉から始まったというビッグバン説を唱《とな》えたジョージ・ガモフ*の宇宙論や、アインシュタインの相対性理論《そうたいせいりろん》の話を聞いたことがあります。独創的《どくそうてき》で大胆《だいたん》な発想に深い感銘《かんめい》を受けたことを覚《おぼ》えています。

ガモフが一九四六年に提唱《ていしょう》した「宇宙爆発説《ばくはつせつ》」によると、この宇宙は今から百数十億年以前、ビッグバンから始まったというものですね。

そのとき、宇宙は超高温・超高密度《ちょうこうみつど》のエネルギーで満《み》たされた極小《きょくしょう》の〈火の玉〉であり、それが急激《きゅうげき》に膨張《ぼうちょう》・進化してきたものであるとされています。

はたして、そのビッグバンの瞬間《しゅんかん》の解明《かいめい》にまでいたることができるのでしょうか。また、ビッグバンから時間・空間が展開してきたと考えても、ビッグバンの瞬間〈以前〉はどうだったのか、なぜビッグバンが起きたのかについて追究《ついきゅう》したくなってくるものです。

博士　今おっしゃった点こそ、まさにビッグバン説の枠内《わくない》では追究してはならないとされていることです。

ビッグバン説は現在、主流となっていますが、私はこの学説には基本的に問題があると思います。百五十億年前に大爆発によって宇宙が始まったとするビッグバン説は、証明する具体的証拠《しょうこ》がほとんどないのです。反対に、この理論が誤《あやま》りであることを示唆《しさ》する一群《いちぐん》の証拠がどんどん増《ふ》えつづけています。つまり宇宙は、まさしくある種《しゅ》の定常状態《ていじょうじょうたい》にあるかもしれないのです。

そこで、そうした最近の証拠をいくつか検討《けんとう》してみたいと思いますが、その前に、この宇宙論の問題全体を歴史的背景《はいけい》のなかで見ておいたほうがよいと思います。いつ、どのようにして宇宙は始まったのか、それはなにからできているのか、全体としてどんな形をしているのか、宇宙論ではこうした問題提起《ていき》をすることによって物理的宇宙を理解しようとします。このような基本的な問題は、昔から人類の心をとらえてきたことでしょう。

池田　人間がどこからどのようにして出現したのか、長遠《ちょうおん》の歴史をさかのぼって考えていけば、星や宇宙の存在に突《つ》きあたります。

人間である限《かぎ》り、自分がどこから生まれ、どこへ行こうとしているのか、自分を取《と》り囲《かこ》む世界はどんな姿をしているのかを、追い求めてやまないものであり、人類の誕生《たんじょう》と同時に宇宙への探求《たんきゅう》が始まったのだと思います。

広がった新しい地平

博士　世界の古代文明を代表する人々、つまりエジプト人、中国人、インド人、ギリシャ人などは、みなこうした問題について、それぞれ独自《どくじ》の考えをつくりあげました。

偉大《いだい》な宗教の多くは、類似《るいじ》の問題や関連した問題に対する解答を含《ふく》んでおり、これらの宗教的見解《けんかい》はたいてい、きわめて堅固《けんご》に守られていました。現代科学の宇宙論においてさえ、宇宙論の提唱者《ていしょうしゃ》の頑固《がんこ》さや非妥協性《ひだきょうせい》はまったく驚《おどろ》くばかりです。

初期の宇宙論は当然のことながら、全部とはいわないまでも、ほとんどが地球を中心とするものでした。そうしたモデルからの転換《てんかん》は、約四百年前にコペルニクスの出現によって、宇宙の中心が地球から太陽に移《うつ》ったときに決定的になりました。以来、周知《しゅうち》のように、宇宙論の沿革《えんかく》はつねに地平線が広がってきております。

池田　ガリレオ・ガリレイが一六〇九年から翌年にかけて、みずから製作した望遠鏡で月のあばたを見、太陽の黒点《こくてん》や木星の四大衛星《えいせい》を観測《かんそく》したとき、彼の驚《おどろ》きと感動はどのようであったでしょうか。小さな望遠鏡ですが、肉眼《にくがん》とは比較《ひかく》になりません。

一六一二年十二月二十八日の夜にはガリレオは海王星《かいおうせい》の存在を記録していた、と主張している学者もいます。もちろん、ガリレオ自身はそれが土星のかなたにある新しい惑星《わくせい》であるとは気づかなかったようです。海王星は、一八四六年にドイツのヨハン・ガレ*が発見していますが、この学者の説が正しいとすれば、ガリレオが第一発見者ともいえます。

レンズ越しの世界にふれて、現代の私たちが、ボイジャーの送ってきた噴火《ふんか》する木星の衛星イオの画像《がぞう》や、土星や天王星《てんのうせい》の素顔《すがお》を見たとき以上の驚きがあったにちがいありません。

ガリレオの書いた『星界の報告』を読みますと、三百数十年という時間を超《こ》えて、感動が生き生きと伝わってきます。また、天動説《てんどうせつ》と地動説《ちどうせつ》とをたたかわせた『天文対話』を著《あらわ》した彼の気持ちもわかるように思われます。

えるでしょう。既成《きせい》の概念《がいねん》や権威《けんい》にとらわれない未知への挑戦《ちょうせん》が、新しい地平を広げてきたとい

博士　まったくそのとおりです。アンドロメダ星雲《せいうん》やソンブレロ（麦わら帽子《ぼうし》）などの銀河《ぎんが》は、比較的《ひかくてき》最近（一九〇〇年代初め）になって、主にアメリカの天文学者E・P・ハッブル＊の研究によって、私たちの住んでいる銀河つまり天《あま》の川《がわ》の外にある恒星《こうせい》の集まり、すなわち〈島宇宙《しまうちゅう》〉＊であることがわかりました。

宇宙全体の構造《こうぞう》に直接関係のある最初の動かしがたい証拠《しょうこ》も、ハッブルの研究から得られました。最も強力な望遠鏡で遠くの銀河を研究することによって、ハッブルは銀河の後退《こうたい》速度（私たちの銀河から遠ざかる速度）は、その距離《きょり》が離《はな》れれば離れるほど増大《ぞうだい》することを発見したのです。

やがてそこから膨張《ぼうちょう》をつづける宇宙の姿が現れましたが、それは遠くの銀河が、どんどん速度を増《ま》しながら私たちから遠ざかっているように見える宇宙です。

池田　ハッブルは、ウィルソン山天文台＊の百インチ鏡で数多くの銀河観測《かんそく》をしました。肉眼《にくがん》でも見えるアンドロメダ星雲が、私たちの銀河と同様の渦巻《うずまき》銀河である

ことを知って、当時の人々は感動したことでしょう。アメリカが一九九〇年四月、スペースシャトルを使って打ち上げた宇宙望遠鏡にハッブルの名前が付けられたのも、宇宙の姿を明らかにした彼の業績《ぎょうせき》を見ればうなずけます。

博士　遠くの銀河《ぎんが》は私たちから遠ざかっているというこのハッブルの観測《かんそく》は、ほんの束《つか》の間《ま》でしたが、私たちの銀河だけが宇宙の中心という特典を与《あた》えられている、とするコペルニクス以前の宇宙観への回帰《かいき》を思わせました。

しかし、この納得《なっとく》しがたい状態《じょうたい》も、そう長くはつづきませんでした。むずかしそうに見えた問題も、アインシュタインの相対性《そうたいせい》理論を応用することで、すぐに解決されたからです。全宇宙にまたがる諸問題をあつかう場合には、当然この理論を考《こう》慮《りょ》にいれなければならなかったのです。

こうした検討《けんとう》の結論として、銀河は一つ残らず急速に私たちから遠ざかっているだけでなく、銀河同士もすべて互《たが》いに遠ざかっており、特別な地点など関係がないという一つの宇宙モデルができあがったのです。

池田　銀河が互いに遠ざかっているという事実は、過去にさかのぼっていけば、銀河《ぎんが》同士が互《たが》いに接近《せっきん》して一点に集まってしまう。こうして、ハッブルの観測《かんそく》を土台にビッグバン理論も生まれたわけですね。

博士　そうです。もう少しこの宇宙モデルを簡単《かんたん》な比喩《ひゆ》で説明しますと、内側から膨《ふく》らませた球形のゴム風船の表面に等間隔《とうかんかく》にしるされた点のようなものです。これらの点の動きはハッブルの考えた銀河に似《に》ています。どの一点（銀河）から見ても、他の諸点（諸銀河）はみな遠ざかるのです。

当然のことながら、銀河の世界は風船の上の点のように二次元《じげん》ではありません。しかし、宇宙論者たちは厳密《げんみつ》な計算を用《もち》いて、もし私たちの現実の世界が、風船の比喩のように膨張《ぼうちょう》していると考えれば、計算から出てくる宇宙は、現実に観測されているものと同じような性質の宇宙になるだろう、と主張することはできます。

このプロセスを膨張から収縮《しゅうしゅく》へと逆行《ぎゃっこう》させて考えてみると、約百五十億年前か、あるいはもっと以前には、宇宙は一つのきわめて密度《みつど》の高い〈特異点《とくいてん》〉に凝縮《ぎょうしゅく》していたように見えることでしょう。つまり、宇宙が一定の時点で始まったことを示唆《しさ》しているわけです。これが基本的にはビッグバン宇宙論です。

このモデルを最初に提示《ていじ》したのは、一九二二年、ロシア人の数学者アレクサンドル*・フリードマンでした。

池田　同じくビッグバン理論を提唱《ていしょう》したガモフは、宇宙における元素《げんそ》の起源《きげん》を研究しましたね。

博士　ええ。この問題に対する解答を求める先駆《せんく》的《てき》な研究が、一九四〇年代の中ごろに、ガモフとその同僚《どうりょう》によって行われました。

ガモフの主要な関心事《かんしんじ》は、化学元素つまりデュウテリウム（重水素）、ヘリウム、リチウムなどが、どのようにして形成されるのかという問題でした。宇宙創成後《そうせいご》に数秒が経過《けいか》して、温度が*絶対温度約十億度になったときの宇宙の状態《じょうたい》は、*核融合《かくゆうごう》のプロセスによって、基本的な構成《こうせい》要素である陽子《ようし》や中性子《ちゅうせいし》からデュウテリウムやヘリウム、さらにいくつかの元素の原子《げんし》核《かく》が形成されるのを説明するのに理想的と思われました。

池田　想像を絶《ぜっ》する高エネルギーの原始宇宙で、物質が生みだされていったということですね。

博士　ええ。すでに一九四〇年代に天体物理学者たちは、同じくらい高密度《こうみつど》・高温の恒星《こうせい》の深部《しんぶ》では同様の核反応《かくはんのう》が起こる、と確信していました。そして宇宙が誕《たん》生《じょう》したときには、これに似《に》たような状況《じょうきょう》がもっともっと壮大《そうだい》な規模《きぼ》で進行していたと考えられたのです。

ガモフは、私たちになじみ深い化学元素《げんそ》の大部分は、ビッグバンと関連づけられる〈火の玉〉の中で合成されると信じていましたが、その後の計算により、このようにしてつくられるのは、デュウテリウム、ヘリウムと多分リチウムだけであることが明らかになりました。

池田　そこで、水素やヘリウムよりもっと重い元素がどのようにして合成されるのかを研究されたのがホイル博士でした。それが、超新星《ちょうしんせい》の爆発《ばくはつ》の研究ですね。

博士　そうです。重い元素は恒星の深部で合成されるのです。たとえば炭素・窒《ちっ》素《そ》・ケイ素・鉄などができるには、恒星の深部でさらに元素合成が行われる必要があったのです。

その模様《もよう》は、一九五〇年代にフレッド・ホイル、ウィリアム・ファウラー、ジェ*

フリー・*バービッジとその妻マーガレットたちが説明したとおりです。

ビッグバン宇宙論では、最初のデュウテリウムとヘリウムが合成されたとき、初期の宇宙は絶対温度十億度に相当する輻射場《ふくしゃば》で満《み》たされた熱浴《ねつよく》に浸《ひた》っていた、と信じられています。

宇宙が最初の密度《みつど》の高い〈火の玉〉の状態《じょうたい》から膨張《ぼうちょう》していくにつれて、その温度はだんだん低くなり、現在の絶対温度一〇度以下にまで下がったにちがいないと考えることができました。このことが確認《かくにん》されれば、それはビッグバン宇宙論のきわめて明白《めいはく》な裏《うら》づけになるだろうと思われました。

ちょうどそのころ、低エネルギーの「*宇宙マイクロ波《は》背景《はいけい》輻射」が宇宙に遍満《へんまん》していることを示《しめ》す最初の証拠《しょうこ》が現れたのです。一九六五年のことでした。こうした輻射は、ある種《しゅ》の無線送信に〝シュー〟という継続的《けいぞくてき》な雑音を引き起こします。

この輻射の発見は、アルノ・*ペンジアスとロバート・*ウィルソンによって偶然《ぐうぜん》になされました。全天の背景となっているこの電波の海の温度は、絶対温度で二・七度であることがわかりました。この放射《ほうしゃ》（*黒体《こくたい》スペクトルをもつのですが）は、空のあらゆる方向から同じ強さでやってくるようでした。

この新事実にただちに加《くわ》えられた説明は、ガモフとその同僚《どうりょう》たちが主張したものとだいたい同じで、背景《はいけい》の温度は、まさしく宇宙が約百五十億年前に爆発《ばくはつ》によって始まったときの余熱《よねつ》である、ということでした。

池田　人類初の人工衛星《えいせい》スプートニクが飛んだのは一九五七年ですが、六〇年代にはエコーなど多数の通信衛星が打ち上げられるようになり、通信技術も飛躍的《ひやくてき》に進歩しました。宇宙マイクロ波《は》背景輻射《ふくしゃ》の発見はこうした状況《じょうきょう》のなかでなされたと聞いております。この発見があってビッグバン宇宙論が勢《いきお》いを得ました。

博士　そうです。これと対立する宇宙論は当時、即座《そくざ》に放棄《ほうき》されるだろうと考えられました。その後、この理論はますます強く信じられるようになり、宇宙論者たちは宇宙マイクロ波背景輻射を、ビッグバンの決定的で反論のできない最終の証明であるとみなすにいたりました。

ところが、これは決して決定的な証明ではなかったのです。〈背景輻射〉それ自体の存在は論争《ろんそう》の余地《よち》がないのですが、それが後にも先にもたった一度だけのビッグバンの放射《ほうしゃ》のなごりである、という説明は、証明もされていないし、内在的《ないざいてき》な欠《けっ》陥《かん》がないわけでもないのです。

背景輻射《はいけいふくしゃ》をめぐって

池田　そうすると、ビッグバン説にも不都合《ふつごう》があるということですね。

博士　一つの目立った難点は、背景輻射が空全体に驚《おどろ》くほどむらなく分布《ぶんぷ》していることです。仮に背景輻射が本当に最初のビッグバンで生じたものとすれば、後に銀河団《ぎんがだん》が形成されたときに、観測可能《かんそくかのう》の不規則《ふきそく》な痕跡《こんせき》をそこに残したはずです。その痕跡はたとえば最近のアメリカの衛星《えいせい》による実験のさいに、たいへん注意深く探《たん》求《きゅう》されましたが、見つかったのは微細《びさい》なリプル＊だけであり、これはビッグバン説以外の観点からも説明できるものです。

池田　なるほど。そうしますと、博士ご自身は、この宇宙マイクロ波《は》背景輻射の存在について、どのような見解《けんかい》を示《しめ》されていますか。

博士　考えられることは、背景輻射《はいけいふくしゃ》の大部分が何か未知の作用《さよう》によってむらなくならされたか、あるいはもしかしたら、それが生じたのはまったくビッグバン宇宙の始まりの時点ではなかったということです。

フレッド・ホイルと私が明らかにしたところによれば、この宇宙マイクロ波背景《は》輻射を説明するには、恒星《こうせい》の光を吸収《きゅうしゅう》してマイクロ波を発するアイアン・ウィスカー（鉄の髭《ひげ》）が、宇宙全体に分布《ぶんぷ》していると考えればよいのです。

池田　そのアイアン・ウィスカーとは、簡単《かんたん》に言うとどういうものですか。

博士　宇宙には塵《ちり》が充満《じゅうまん》しています。この塵から太陽や地球をはじめとして、さまざまな天体が生まれてくるわけです。この塵の起源《きげん》や性質を世界で初めて理論的に調《しら》べたのが、私の主要な研究の一つです。これは天文学者たちが認《みと》めています。アイアン・ウィスカーという考えは、この研究のなかで出てきたものです。

つまり、星の一生の最期《さいご》に超新星爆発《ちょうしんせいばくはつ》が起きますが、このとき星を形成している超高温度の物質が宇宙空間にまき散《ち》らされます。

星の中心部にある物質は鉄が主成分ですから、灼熱《しゃくねつ》の鉄が、突然《とつぜん》、真空中《しんくうちゅう》にばらまかれたと考えてください。物質は膨張《ぼうちょう》するとき冷えますから、真空中《しんくうちゅう》に拡散《かくさん》したとき、鉄は固まります。鉄の物性データをよく調《しら》べると、鉄が宇宙にまき散《ち》らされたとき、どのような形に固まるか、計算することができます。また、その物質が光を吸収《きゅうしゅう》したとき、その光をどのように変化させるかもわかります。

私はその計算をしました。その結果、鉄は小さな髭《ひげ》をいっぱいもつ小さな塵《ちり》になることがわかったのです。この塵をアイアン・ウィスカー、つまり〈鉄の髭〉といいます。

池田　非常におもしろい観点です。超新星《ちょうしんせい》は、最近では一九八七年に*大マゼラン雲《うん》に出現しました。質量が太陽の七、八倍以上の星は、寿命《じゅみょう》が尽《つ》きるとき大爆発《だいばくはつ》を起こすそうですが、そのとき星は急速《きゅうそく》に明るく輝《かがや》き始め、太陽の数億倍から数百億倍の明るさにもなります。名前は超新星ですが、星の最期《さいご》の姿ですね。

博士　そのとおりです。

池田　もう一つ、先ほど言われたリプルというのでしょうか、微細《びさい》な背景輻射《はいけいふくしゃ》の変動は、いったい何でしょうか。どのようにしてできたのでしょうか。

博士　宇宙マイクロ波背景輻射《はいけいふくしゃ》の中に微細《びさい》なリプルが存在することに気づいたのはジョージ・スムート博士で、彼はこのことを一九九二年四月に発表しました。
これらのリプルについてはビッグバン説による説明がなされ、広く喧伝《けんでん》されました。しかし、それはビッグバン説以外でもいくつかの観点から説明できるのです。たとえば、もともとフレッド・ホイルとジェイヤント・ナーリカー*が提唱《ていしょう》した宇宙論によれば、リプルは〈リトルバン〉（小爆発《しょうばくはつ》）につづいて星雲《せいうん》が形成されたことを示《しめ》すものと考えられるでしょう。
もう一つの可能性《かのうせい》としては、これらのリプルは、私が研究しているアイアン・ウイスカーが不規則《ふきそく》に分布《ぶんぷ》していることに起因《きいん》すると考えることもできます。

池田　そうですか。この星の中でつくられ、超新星《ちょうしんせい》の爆発で外に出てきた、鉄の微粒子《びりゅうし》の宇宙拡散《かくさん》の研究によって、博士たちは現代の宇宙論に一石《いっせき》を投《とう》じられたわけですね。

博士　おっしゃるとおりです。宇宙論者のなかにはこれに立腹《りっぷく》する者もおりました。自分たちの確信がたいへん弱められ、大事にしていた〈証拠《しょうこ》〉の正当性が疑《うたが》われるようになったからです。

超新星《ちょうしんせい》によって宇宙にまき散《ち》らされた鉄の塵《ちり》が、星からの熱と光をあびて二・七度（絶対温度）に加熱され、それによって宇宙マイクロ波《は》背景輻射《はいけいふくしゃ》とまったく同様の現象《げんしょう》が引き起こされていたのです。まぎらわしいといえば、たしかにまぎらわしい状況《じょうきょう》です。

インフレーション理論

池田　最近の学説では、原始宇宙は、元素《げんそ》が生成された宇宙創成《そうせい》三分後までではなく、*素粒子《そりゅうし》が生成された、$\frac{1}{10^{44}}$秒の時点までさかのぼることができるとも言われていますね。

博士　池田先生はもう一つの問題を提起《ていき》されました。それは、観測《かんそく》しうる宇宙の諸性質はすべて、ビッグバンから$\frac{1}{10^{44}}$ないし$\frac{1}{10^{45}}$秒後の時点に由来《ゆらい》しているとの推測《すいそく》に関するものです。これはアメリカの科学者アラン・グースが提唱《ていしょう》した、いわゆる宇宙の*インフレーション理論というものに関連しています。

池田　「インフレーション宇宙」という言葉は、最近よく使われますね。

博士　ええ、インフレーション理論は、実際はビッグバン説の原形をうまく改良《かいりょう》したもので、最近発見された素《そ》粒子《りゅうし》の諸性質をその根拠《こんきょ》としております。この学説によれば、宇宙創成後《そうせいご》、$\frac{1}{10^{44}}$秒の間に時間・空間・物質の構造《こうぞう》が確立されたことになります。

計算してみればわかりますが、標準的《ひょうじゅんてき》なビッグバン宇宙論から導《みちび》かれる宇宙の姿と、実際の宇宙の姿とはまったく違《ちが》うのです。

ビッグバン宇宙論の改良版にも、さまざまなものがありますが、どの理論でも、現在の宇宙の構造の〈種〉は、宇宙創成後$\frac{1}{10^{44}}$秒でできたと考えます。現在の宇宙の姿は、この〈種〉が育った結果だというのです。

宇宙創成後のこのわずかな時間に光が走ることのできる距離《きょり》は、$\frac{3}{10^{34}}$センチメートルにすぎません。この宇宙で情報を伝える速度は光の速度を超《こ》えられませんから、宇宙の構造の〈種〉の大きさはこの距離より大きくなることはありません。これを超《こ》える距離《きょり》にあるものは、この〈種〉とはまったく無関係の世界です。そこがどうなっているのか、この〈種〉の内側からは知ることもできませんし、まして影《えい》響《きょう》を与《あた》えることなどできません。

したがって、大きさがそれぞれ$\frac{3}{10^{34}}$センチメートルの〈種〉宇宙は、互《たが》いになんの連絡もできないわけです。

私たちの住んでいるこの宇宙も、そうした〈種〉が大きくなったものということになります。ところが、標準的《ひょうじゅんてき》なビッグバン説では、宇宙はそれほど速く大きくなりません。ビッグバン説によって計算すれば、百五十億年後の今日《こんにち》でも、その〈種〉は一ミクロンにしかなっていないはずです。そしてこの理論によれば、これを超えた距離にあるものは、〈種〉を異《こと》にする、無関係の、理解できない世界です。

しかし、実際はそうではありません。私たちは遠い銀河《ぎんが》まで理解できます。私たちが理解できる世界は、遠くまで広がっているのです。

池田　つまり、実際の宇宙の姿を説明するためには、宇宙膨張《ぼうちょう》が爆発的《ばくはつてき》に起こり、けた外《はず》れに大きくなったと考えればよいわけですか。

博士　そうです。私たちの住んでいる宇宙の〈種〉は、そのようにして大きくなったにちがいありません。

しかし、宇宙が爆発的《ばくはつてき》に大きくなるためには、宇宙に充満《じゅうまん》している物質が特別な性質をもっている必要があります。私たちの知っている物質では、それほど速く膨張《ぼうちょう》しません。そこで、アメリカの科学者グースたちは、宇宙は相転移《そうてんい》*したのだ、という説をもちだしたのです。このように考えるのがインフレーション理論です。

池田　相転移とは、わかりやすい例でいうと、温度が下がると水が凍《こお》って氷の結晶《けっしょう》になるように、宇宙もある時点で変化したということですね。

博士　そうです。彼らは、宇宙が相転移したのは宇宙の温度が臨界値《りんかいち》10^{27}度以下に下がったその瞬間《しゅんかん》であり、それは、ビッグバンから$\frac{1}{10^{34}}$秒後のことと考えられる、と主張したのです。

この宇宙の〈結晶片《けつしょうへん》〉ともいうべき微小《びしょう》な領域《りょういき》は急激《きゅうげき》に膨張し、現在10^{50}という巨大な倍率《ばいりつ》にまで膨張したと考えられています。そして私たちの住んでいる宇宙、つまり私たちが観測《かんそく》できるすべての星雲《せいうん》を含《ふく》む宇宙は、まさしくこうした状態《じょうたい》にあると考えられるのです。

当然のことながら、これ以外にもそのような宇宙の小片《しょうへん》が無数に存在するにちがいありませんが、それらは私たちがかかわることのできる範囲《はんい》の外にあるものです。

開いた宇宙、閉《と》じた宇宙

池田　ところで、宇宙論からは、「宇宙は開いているのか、閉じているのか」といった議論もよく聞かれます。宇宙の質量密度《みつど》の大きさに応じて、それが小さければ「宇宙は開いており、永遠に膨張《ぼうちょう》をつづけていく」、大きければ「宇宙は閉じており、ある時期が来ると膨張から収縮《しゅうしゅく》に転じる」という二説があり、その量が確定《かくてい》できない現在では、どちらともいうことができないとのことです。

さらに、後者（閉じた宇宙）の場合、脈動《みゃくどう》（振動《しんどう》）宇宙論といって、ゴムマリが床にはずむように、一点に銀河《ぎんが》同士が寄り集まった果《は》てにもう一度ビッグバンが起こり、ふたたび銀河《ぎんが》や恒星《こうせい》、生命が誕生《たんじょう》し、宇宙は生まれ変わる。宇宙は膨張《ぼうちょう》・収縮《しゅうしゅく》を交互《こうご》に繰《く》り返《かえ》していくと説《と》く学者もいるようです。この場合、宇宙の大きさは無《む》限《げん》にはなれないが、宇宙には始まりも終わりもないということになります。また、ジョン・ホイーラー*のように、収縮しきったときに量子効果《りょうしこうか》*によって時空《じくう》に虫食《むしく》い穴《あな》ができ、空間に開いた〈節穴《ふしあな》〉を通《とお》り抜《ぬ》けて、完全に異《こと》なった新しい存在として宇宙が生まれ変わる、という科学者もいるようです。

博士　今のお話は、いくつかの学説の要点をうまくまとめてくださいました。最近、多くの科学者が、アインシュタインの一般相対性理論《そうたいせいりろん》における時空概念《がいねん》を、量子力学《りきがく》と結びつけようと努力しています。物理的世界を説明するこれら二つの別個の方法は、一見《いっけん》して矛盾《むじゅん》する点があるように見えますが、両者を統合《とうごう》する試《こころ》みが実際になされ、いくつかの目覚《めざ》ましい結果（もしくは予想される結果）が検討《けんとう》されています。

古典力学でいう電磁《でんじ》エネルギーは、量子力学の言葉ではフォトン（光子《こうし》）の集団のエネルギーということになります。これらは同じものです。これになぞらえれば、

＊グラビトン（重力子《じゅうりょくし》）は重力エネルギーの集団です。乱暴《らんぼう》な言い方をすれば、グラビトンは時空《じくう》の構造《こうぞう》に起きる極微《ごくび》の小波《しょうは》を表すと考えられます。

そのような小波の時間の尺度《しゃくど》は、先に言及《げんきゅう》されたように、$\frac{1}{10^{44}}$ないし$\frac{1}{10^{45}}$秒です。これがホイーラーとその同僚《どうりょう》たちが「ジフィー」（瞬間《しゅんかん》）と呼んだものです。

池田　時間さえも連続《れんぞく》して流れるものではなく、「瞬間」という最小の単位を考えているのは、やはり量子論《りょうしろん》の影響《えいきょう》なのでしょう。ところで、古代インドの時間論でも「刹那《せつな》」という最小単位を考えています。そこには、時代を超《こ》えて共通した発想が流れているようで、興味深《きょうみぶか》く思われます。

博士　おっしゃるとおりです。このジフィーの時間内に光が走る距離《きょり》は、原子《げんし》核《かく》の大きさの、なんと$\frac{1}{10^{20}}$にすぎないのです。

アインシュタインの時空の説明を極端《きょくたん》に単純化《たんじゅんか》してみれば、湾曲《わんきょく》した動くカンバスに世界の出来事が描《えが》きだされるようなものです。しかし、アインシュタインの本来のカンバスは、なめらかで下部《かぶ》構造がないのです。

それに対して、ホイーラーのカンバスは、顕微鏡《けんびきょう》でも見えないほど微小《びしょう》なスケール、つまり実際にジフィーによって定められるスケールにおいては、ざらざらしているのです。

このスケールでの時空《じくう》は、大小の泡《あわ》や虫食《むしく》い穴《あな》でハチの巣《す》のようになっていると考えられます。

こうした考えのいくつかは、ビッグバン宇宙論との関連で真剣に論じられています。この宇宙論では「宇宙は閉《と》じられたもの」であり、終局的《しゅうきょくてき》な崩壊《ほうかい》は＊ビッグクランチ（大破砕《だいはさい》）になると考えられています。虫食い効果《こうか》が最大に利用されるのはこの段階においてです。

以上の説明はすべて想像と数学の偉大《いだい》な成果でありますが、もちろん、私たちが住んでいる現実の宇宙とは決定的な関係はなんらありません。宇宙論とは、判断《はんだん》の基準《きじゅん》となる観測《かんそく》結果が二つか三つしかない科学なのです。あとは才気煥発《さいきかんぱつ》の思索《しさく》、私たち自身の宗教的・文化的伝統《でんとう》に制約《せいやく》された思索によります。

ビッグバン宇宙論が現代の科学文化に奥深《おくぶか》く根ざしているように見える事実は、なんらかの形の創造《そうぞう》を欲《ほ》しがるユダヤ・キリスト教の伝統のなかで、この宇宙論が発展してきたという事実と関係があるにちがいない、と私はみています。

宇宙の年齢《ねんれい》を百五十億歳に限定《げんてい》するビッグバン宇宙論は、今、激動《げきどう》の渦中《かちゅう》にあります。この理論は終局的《しゅうきょくてき》には放棄《ほうき》されなければならない、というのが私の個人的見《けん》解《かい》です。

しかし当然のことながら、ビッグバン理論の放棄は簡単《かんたん》にはなされないでしょう。あまりにも多くの人々が、この理論を「正しい」と信じるように洗脳《せんのう》されているからです。私たちがこれらの重要な問題の正誤《せいご》を分別《ふんべつ》するにあたって、コペルニクスのときのような闘争《とうそう》に直面《ちょくめん》することは避《さ》けられないかもしれません。

宇宙の有限《ゆうげん》、無限《むげん》

池田　仏教の宇宙論では、宇宙は無始無終《むしむしゅう》であると考えております。ある日、突《とつ》然《ぜん》、なにかの出来事によりつくられたわけではない。また、星や宇宙間物質の生成・消滅《しょうめつ》は当然のことですが、宇宙そのものは、ある日、消《き》え去《さ》るというものでもなく、永遠、無限《むげん》なる存在であるとされています。

博士　もう一つ言わせてもらえば、科学的観点とは別に、哲学的観点からいっても、ビッグバン説は私には満足《まんぞく》できない理論でした。池田先生がビッグバンの前には何があったのかと問われましたが、現在のビッグバン説では、このような質問はできないし、だれも発言しないという状況《じようきよう》があるのです。

池田　宇宙論といっても、その人の宗教的・文化的伝統《でんとう》に制約《せいやく》されてしまうという博士の意見は正しいでしょう。人間は自分の住む時代・世界の枠組《わくぐ》みの中から踏《ふ》みだした発想をすることは、なかなかできないものです。

ガリレオの『天文対話』には、サグレド、サルヴィアチ、シムプリチオの三氏が登場します。この本の「読者諸賢《しよけん》へ」の中で、ガリレオは「かれ（＝シムプリチオ）がアリストテレスの解釈《かいしやく》で得ていた栄誉《えいよ》こそ、かれが真実を知るうえでの最大の障《しよう》害《がい》をなしているように思いました」（青木靖三訳、岩波文庫）と書いています。学識《がくしき》のあることが、かえって新しい発想に立っていくためにじゃまになる場合もあるといえるでしょう。

「宇宙は有限《ゆうげん》か、それとも無限《むげん》か」という問題は、ギリシャの昔から人々の関心を集めてきました。かなたの恒星天《こうせいてん》の外には何も存在しないとする閉《と》じた有限宇宙観に反対し、宇宙は無限であり一様《いちよう》に広がっているとして、開《と》いた無限宇宙説を説いた十六世紀のイタリアの若き哲学者ジョルダーノ・ブルーノ*は、そのため一六〇〇年に焚刑《ふんけい》にあっております。宇宙観は科学を超《こ》えて、宗教とも密接《みっせつ》なかかわりをもつ切実《せつじつ》な問題です。

現代の宇宙論にも、ビッグバン宇宙論のほかに、前にもふれましたが、ホイル博士らが提唱《ていしょう》する「定常宇宙論《ていじょう》」の考え方があります。これは、宇宙には始まりもなければ終わりもない、永遠の過去から無限の未来まで、大局的《たいきょくてき》な姿は変わらないという完全宇宙原理の立場に立つ宇宙論であると理解しております。

たとえば、宇宙の平均密度《へいきんみつど》についても、これはいつもほぼ同じであるという立場に立っているようです。宇宙を観測《かんそく》すると、銀河《ぎんが》が互《たが》いに離《はな》れていっていることがわかります。するとそのために、宇宙の密度はその分だけ小さくなりますが、それを補《おぎな》う分だけ、空間の中で絶《た》えず新しい物質が生みだされ、新しい銀河が形成されていくという説であると理解しております。

ホイル博士の定常宇宙論《ていじょううちゅうろん》は、将来《しょうらい》、主流になっていくと思われますか。

博士　ええ。そうなると思います。一九四八年にホイル博士とトマス・ゴールド*博士、ハーマン・ボンディ*博士は、それまでに得られた天文学上の証拠《しょうこ》は必《かなら》ずしもビッグバン宇宙論が正しいことを示《しめ》してはいないと主張しました。このようなことを言ったのは彼らが初めてでした。

これらの天文学者たちは、宇宙は現在とほぼ同じ形態《けいたい》で存在しつづけてきたのではないか、また外観も現在とほぼ同じものを保《たも》ってきたのではないかと示唆《しさ》しました。これは無始無終《むしむしゅう》という完璧《かんぺき》な宇宙論の原理です。ここに本質的には〈定常〉の状態《じょうたい》にある宇宙の姿が浮かび上がってきます。

この宇宙論の帰結《きけつ》は当然のことながら、宇宙の膨張《ぼうちょう》によってできたすきまを埋《う》めるように、エネルギーの場から物質がつくりだされなければならないということです。銀河《ぎんが》が膨張して互《たが》いに遠ざかっていくと、定常宇宙の全体像がそのまま保たれるには、あいた空間を満《み》たすために〈新しい〉物質が必要になるでしょう。このために必要な創造《そうぞう》の平均率《へいきんりつ》は、たとえば典型的《てんけいてき》な集会場ほどの空間の中で、一千年ごとに水素原子《げんし》一個に相当する質量をつくりだすという、非常にゆっくりとしたペースであると推定《すいてい》されました。

定常宇宙論《ていじょう》の現代の諸説《しょせつ》は、物質が「リトルバン」によって創造され、新しい物質から銀河《ぎんが》がつくられるという可能性《かのうせい》を考慮《こうりよ》に入れています。私はこの見解《けんかい》が気に入っております。こちらのほうが既存《きそん》の諸データとよく合致《がっち》していると思います。

池田　宇宙の中で、新《あら》たなる創造が絶《た》えず起きているという理論は、まことにロマンに満《み》ちたユニークな学説です。実際に確《たし》かめることができればすばらしいと思います。

博士　一九五〇年代以降、二つの対立する宇宙論、つまりビッグバン宇宙論と定常宇宙論が、ますます厳密《げんみつ》に検証《けんしょう》されるようになりました。

一九六〇年代初期、マーティン・ライル*とその同僚《どうりょう》が電波望遠鏡を使って最も遠くの銀河を研究しましたが、その結果、宇宙が遠い過去においては現在よりもう少し凝縮《ぎょうしゅく》していたことを示《しめ》している、と主張されました。これは取るに足《た》らない程度《ていど》とはいえ、ビッグバン宇宙論に有利《ゆうり》に働きました。しかし、その後、ジェイヤント・ナーリカー、ジェフリー・バービッジとその同僚《どうりょう》たちが新しい観測《かんそく》結果を厳密《げんみつ》に分析《ぶんせき》した結果、事実は違《ちが》うらしいということが示唆《しさ》されました。

こうして、一九六〇年代の終わりごろまで定常《ていじょう》宇宙論の反証《はんしょう》として主張された電波天文学上の証拠《しょうこ》は、大半《たいはん》が消《き》え失《う》せてしまったように思われます。

その間に本質的には誤《あやま》りとされなかった観測は、すでに話に出ましたが、アルノ・ペンジアスとロバート・ウィルソンが一九六五年に宇宙マイクロ波背景輻射《は　はいけいふくしゃ》を偶然《ぐうぜん》に発見したことです。もちろん、宇宙マイクロ波背景輻射の存在は、必《かなら》ずしもそれが宇宙の初期の状態《じょうたい》から発生したことを意味するものではないことは、前に指摘《してき》しました。

現在輝《かがや》いている恒星《こうせい》や最近まで輝いていた恒星は、宇宙マイクロ波背景輻射を説明するのに十分なエネルギーを放出《ほうしゅつ》しています。このエネルギーをマイクロ波エネルギーに転化《てんか》するメカニズム（機構《きこう》）を考えれば、それで宇宙マイクロ波背景輻射の説明はつくのです。

それが、すでに述べましたが、ホイル博士と私が考えだした一つのメカニズム、すなわち、細い糸のような鉄の粒子《りゅうし》つまりアイアン・ウィスカーを媒体《ばいたい》とするものだったわけです。

池田　現在主流となったガモフたちのビッグバン理論も、最初は無《む》から有《う》を生じることなど信じられないと、多くの学者に受け入れられませんでした。しかし、この宇宙マイクロ波《は》背景輻射《はいけいふくしゃ》の発見で支持《しじ》を集めるようになりました。

新しい事実の発見によって、一つの宇宙論が脚光《きゃっこう》を浴《あ》びたり捨《す》て去《さ》られたりする。表面的なことに一喜一憂《いっきいちゆう》するのではなく、事実の奥に秘《ひ》められた真実を探求《たんきゅう》しつづけていくことがますます大切ですね。

博士　ホイル博士と私が、最近、アイアン・ウィスカーが宇宙的規模《きぼ》で相当大量に発生している可能性《かのうせい》があることを突《つ》き止《と》めたことによって、大きな進展《しんてん》がもたらされました。これによって、宇宙マイクロ波背景輻射の説明ができることは、すでに述べました。

また、生まれてまだ間もない多数の銀河《ぎんが》が存在すること、そしてビッグバン宇宙の推定年齢《すいていねんれい》よりも高齢《こうれい》の恒星《こうせい》があること、それらの事実が今、ビッグバン宇宙論者たちをひどく当惑《とうわく》させ始めています。さらに生命の起源《きげん》を説明しようと思えば、宇宙が時間的にも空間的にも無限《むげん》であることがどうしても必要となるでしょう。

以上の考察《こうさつ》が正しければ、ビッグバン宇宙論の主要な支柱《しちゅう》は少々不安定になったと考えられましょう。反対に定常《ていじょう》宇宙論は、まだあまり人気はありませんが、現在までに得られたすべての事実と一致《いっち》するという長所がたしかにあるのです。なんらかの形の定常宇宙論が、機《き》が熟《じゅく》したときに復権《ふっけん》するものと私は確信しております。

池田　現在の時点では、博士も述べられたように、ビッグバン宇宙論の考え方が定説のようになっており、定常宇宙論は一般には認《みと》められていないように思います。私は専門家ではありませんが、しかし、先ほども言いましたように、仏教では無始無終《むしむしゅう》の宇宙観を説《と》いています。仏教を学ぶものの心象《しんしょう》として、定常宇宙論の発想にもうなずけるものが少なくありません。その意味でも、今後の議論の展開に注目《ちゅうもく》していきたいと思います。

また、生命の起源を説明しようとする観点から定常宇宙論を考える博士の試《こころ》みは、たいへん興味深《きようみぶか》い発想です。この点については、また後ほど話し合いたいと思います。

大マゼラン雲《うん》に出現した超新星爆発《ちようしんせいばくはつ》で、宇宙塵《うちゆうじん》ができていることが観測《かんそく》されていますので、この観測から博士たちの説が確《たし》かめられればすばらしいことです。

六　四次元だけで宇宙は理解できるか

求められる包括的《ほうかつてき》理論

池田　先ほど博士の話にありましたが、アインシュタインが提案《ていあん》した相対性《そうたいせい》理論にもとづく四次元《じげん》の〈*時空連続体《じくうれんぞくたい》〉という考え方は、極大《きょくだい》の宇宙は当然のこととして、極微《ごくび》の素粒子《そりゅうし》の世界をも説明できる法則であるとされています。博士は、天文学だけでなく数学の権威《けんい》でもあります。相対性理論の四次元を超《こ》える五次元・六次元といった多次元の世界は考えられますか。

博士　論理的《ろんりてき》な可能性《かのうせい》としては、宇宙に五次元があることは否定《ひてい》できません。今、最も重要な問題は、五次元とはいったいなんだろうかということです。

二次元《じげん》の、つまり平《たい》らな生物（たとえば平面的なアリ）が平坦《へいたん》な表面で生活していて、この表面の二次元だけを歩いたり見たりしていると想像してみてください。このアリに長さと幅《はば》と高さのある建物が存在することを納得《なっとく》させるのは、たしかに困《こん》難《なん》でしょう。まして、エッフェル塔やエンパイア・ステート・ビルディングがあることなどは論外《ろんがい》です。アリは、自分が住んでいる二次元の世界に対して直角に存在する次元を、直接的・物理的に知覚《ちかく》することはできないでしょう。

同じように私たち人間も、現実に体験できる三次元・四次元に対して直角になる次元の世界を、容易《ようい》に認識《にんしき》することはできないでしょう。

数学の分野では四次元や五次元、あるいはそれ以上の次元をもつ空間の論理上《ろんりじょう》の構造《こうぞう》が十分に認識されたのは、かなり前のことです。そのような幾何学《きかがく》は、ニコライ・ロバチェフスキー*、ボーヤイ・ヤーノシュ*、ゲオルク・リーマン*らの数学者によって、アインシュタインが相対性《そうたいせい》理論や四次元の時空連続体《じくうれんぞくたい》に関する概念《がいねん》を考えだす数十年も前に、できあがっていたのです。

池田　そのような数学の論理上の次元と、現実世界との結びつきはどうなのでしようか。

博士　多次元《たじげん》の〈世界〉は純粋《じゅんすい》数学者によって組み立てられるのですが、これらの世界が現実の〈物理的世界〉とどう結びつくかは別問題です。私たちがみな学校で学ぶユークリッド幾何学《きかがく》は、空間の一点を表示するのに三つの数（つまり座標《ざひょう》成分）が必要であることを前提《ぜんてい》にしています。言《い》い換《か》えれば、メートル尺《しゃく》で三回測《はか》るだけで、ユークリッド空間における一点を完全に定めることができるのです。

ユークリッド幾何学における空間の論理上《ろんりじょう》の構造《こうぞう》からは、私たちが学校で習うさまざまの簡明《かんめい》な定理、たとえば合同三角形や平行線などに関する定理が生まれています。私たちが日常的に経験する物理的世界は、この幾何学によりほぼ完全に説明されますが、まだ完璧《かんぺき》ではありません。

ユークリッド幾何学は、素粒子《そりゅうし》の世界を説明する段になると、時間と位置が関係のない別個の変数としてあつかわれるので、実験と矛盾《むじゅん》する点が現れてきました。それでアインシュタインが、四次元の時空連続体《じくうれんぞくたい》の概念《がいねん》を含《ふく》む特殊相対性理論《とくしゅそうたいせい》を確立するにいたったのです。

その後、彼は一般相対性理論《そうたいせいりろん》を立て、そのなかで重力は時間・空間の幾何学《きかがく》と結びついていると主張しました。この見方《みかた》によれば、重力は、時空連続体《じくうれんぞくたい》が平坦《へいたん》でないところでは、どこにでも存在するわけです。

特殊《とくしゅ》相対性理論は、素粒子《そりゅうし》の物理学を説明するうえで大成功を収《おさ》めてきました。また一般相対性理論は、もっと限《かぎ》られた範囲《はんい》ではありますが、ある種《しゅ》の天文学的現《げん》象《しょう》――たとえば、水星の公転楕円軌道《こうてんだえんきどう》の*近日点移動《きんじつてんいどう》など――を説明するのに成功しました。

しかし、もし今後に発見される他の現象も含《ふく》めれば、通常の高さ・長さ・幅《はば》・時間という次元《じげん》に対して直角をなす他の次元が存在する可能性《かのうせい》をも含めて、それらの現象を説明できるもっと包括的《ほうかつてき》な理論がやがて必要になるでしょう。

量子論《りょうしろん》と「平行宇宙」

池田　異次元《いじげん》の世界ということでは、アメリカの物理学者ヒュー・エヴェレット*

の「平行宇宙」という考え方を聞いたことがあります。この考え方は、ミクロの世界での「不確定性《ふかくていせい》」と関連して発想された宇宙論のようですが、私たちの宇宙とほんのわずかの違《ちが》いしかない、無数の別の宇宙が平行して存在するというもののようです。

さらに私たちの宇宙は、「超宇宙《ちょううちゅう》」にある無数個の宇宙の中の一つにすぎない。超宇宙には無限《むげん》の次元《じげん》が存在し、終わりもなければ始まりもない。それは、無数の舞台《ぶたい》をもつ大劇場のようなもので、私たちの宇宙のドラマはその舞台の一つで上演されている劇にすぎない、という学者もいます。

博士　ええ。そうした考え方が今検討《けんとう》されております。現在の宇宙論の考察《こうさつ》で興味《きょうみ》深《ぶか》い分野は、私たちが感覚器官を使った測定《そくてい》で認識《にんしき》している宇宙と、私たちの感覚ではとらえられないほかの宇宙との関係を追究《ついきゅう》することです。

この点に関するエヴェレットとB・デ・ウィットの思想は――本質的にはエルヴィン・シュレーディンガー*が以前に発表した思想の復活《ふっかつ》ですが――論議《ろんぎ》を呼び、争点にもなっていますが、それもまことに興味深いものです。

彼らの「平行宇宙」理論は、これまで計算上の手続きを説明するだけで終わっていた量子力学《りょうしりきがく》のさまざまな概念《がいねん》を、実体化《じったいか》することから始まります。ニールス・*ボーアやルイ・ド・*ブロイによれば、*物質波《ぶっしつは》それ自体は実体化されるべきものではなく、量子系の実態《じったい》についての計算を成り立たせる概念にすぎません。エヴェレットが物質波に実体を与《あた》えるとき、彼は「超空間《ちょうくうかん》」に多数の平行宇宙をつくるために、量子状態《じょうたい》の重《かさ》ねあわせ原理を使っています。重ねあわせ原理というのは、波《なみ》が重なり干渉《かんしょう》するという事実の基本にある原理です。工学的にも、たとえば、わずかな帯域《たいいき》の電波に多くの電話信号を載《の》せることなどで日常的に使われているものです。

池田　ほんのわずかしか違《ちが》わない多くの宇宙が、私たちの宇宙と平行して存在するとすれば、私たちとほんのわずかしか違わない人たちが、その宇宙にいることになります。まるで、SFの世界だという人もいますが。（笑い）

博士　エヴェレットやデ・ウィットの理論は論理《ろんり》的《てき》には一貫性《いっかんせい》がありますが、ほとんど信じられないものであり、奇妙《きみょう》な点がたくさんあるように思われます。デ・

ウィットはこのように書いています。「量子《りようし》＊遷移《せんい》はどの恒星《こうせい》でも、どの銀河《ぎんが》でも、宇宙のどのような果《は》てでも起きており、その一つひとつがすべて、われわれ自身の世界をその無数のコピーに分裂《ぶんれつ》させているのである」（B. S. DeWitt, "Quantum Mechanics and Reality" in *Physics Today*, Sept. 1970, 30-35.）

この文章を文字どおりに受け止めれば、私たち一人一人が肉体を、また心や意識《いしき》を――もし数量化できるとすればですが――絶《た》えず複製《ふくせい》し、そのコピーはほかの世界にも住んでいると解釈《かいしやく》できるのです。これは、平行宇宙に住んでいる私たちのコピーはどうなっているのか、私たちは自分のコピーと交信できるのかなど、次々とおもしろい疑問《ぎもん》を生じさせるシナリオです。

これらの思想の提唱者《ていしようしや》たちは、個々の宇宙間の交信は不可能《ふかのう》であると主張しています。しかし、彼らの主張がみな曖昧《あいまい》であることを考えれば、こうした条件を思うがままに変えられる余地《よち》があるのです。

池田　量子論は、現在トランジスター＊などの技術の基盤《きばん》にもなっている、確立された理論です。しかし、その量子論の考え方を宇宙全体に拡張《かくちよう》すると、不思議《ふしぎ》な宇宙の姿が浮かび上がってきます。科学的に極小《きょくしょう》と極大を貫《つらぬ》く法則を追究《ついきゅう》していく余《よ》地《ち》はまだまだ広大であるといえるでしょう。これからどう展開されていくか、興味《きょうみ》は尽《つ》きません。

七　生命の誕生と進化

宇宙との連関《れんかん》

池田　さて、地球上にどのようにして生命が誕生《たんじょう》したかというテーマについても、宇宙との連関において考察《こうさつ》していかなければならない問題です。

太陽系や地球の生成についてはさまざまな説があるようですが、星間雲《せいかんうん》が重力の作用《さよう》で徐々《じょじょ》に凝縮《ぎょうしゅく》し、まず太陽が誕生する。そして、そのまわりに円盤状《えんばんじょう》に広がったガスから塵《ちり》が凝縮し、塵からできた小さな塊《かたまり》が互《たが》いに衝突《しょうとつ》して、しだいに大きな塊となって地球が形成されていった、とされています。九つある惑星《わくせい》のなかで、現実の問題として地球上には生命が誕生し、海から陸・空へと居住空間を広げ、人類にまで発展してきました。

博士　星間雲《せいかんうん》が収縮《しゅうしゅく》し、ばらばらになって太陽や彗星《すいせい》や外惑星《がいわくせい》の天王星《てんのうせい》・海王《かいおう》星《せい》・冥王星《めいおうせい》を形成した、という説には私も同意しております。

しかし、地球や火星などの内惑星の形成や巨大惑星の木星や土星の中心部の形成は、昔、第二次世界大戦当時、フレッド・ホイル*が主張したように、高速で自転する原始の太陽の赤道地帯からはじき出された、円盤状《えんばんじょう》の熱いガスが関係したと思っています。

池田　その説は、一般的にも認《みと》められているのでしょうか。

博士　いいえ。アメリカでプラズマ物理学を創始《そうし》したライマン・スピッツァー二世*が、太陽からはじき出されたガスは薄《うす》い円盤にはならず、飛《と》び散《ち》ってしまうと批《ひ》判《はん》しました。この影響《えいきょう》で、ホイルの説は現在、一般には受け入れられていません。

振り返ってみれば、当時はスピッツァーも若く、十分に現象《げんしょう》を観察《かんさつ》せず、単純《たんじゅん》な仮定《かてい》の上に立った物理学理論を信じすぎたのだと思います。しかも、ホイルは反論《はんろん》をしなかったのです。スピッツァーの論理《ろんり》は筋《すじ》が通っているし、反論するには観測《かんそく》事実が少なすぎると思ったのでしょう。

しかし、最近では、生まれたての太陽に対応《たいおう》した星々の観測《かんそく》が進んできました。しかも、現在の定説は新しい観測事実をうまく説明できておりません。この観測事実の上に立って、現在、定説になっている理論の問題点を洗いなおせば、ホイルの直感《ちょっかん》が正しかったことがわかると確信しています。

池田　そのホイル博士の直感というのは、どういうものでしょうか。

博士　太陽から飛びだした円盤状《えんばんじょう》のガスが冷却《れいきゃく》するにつれて、金属や鉱物《こうぶつ》の粒子《りゅうし》が凝縮《ぎょうしゅく》し、その粒子がくっつき合って大きくなり、地球型惑星《わくせい》を形成したと考えるのです。

太陽系の外域《がいいき》には氷でできた彗星《すいせい》が巨大な群をなして集まっていました。それは何百億という数でした。それらの彗星が互《たが》いに衝突《しょうとつ》した結果、その一部が天王星《てんのうせい》と海王星《かいおうせい》を形成しました。そして、これらの惑星になりそこねた彗星は外にはじき出され、現在では太陽系全体を取《と》り囲む外郭《がいかく》を占拠《せんきょ》しているのです。その距離《きょり》は太陽から〇・一光年です。

ときどきこの外郭《がいかく》から彗星《すいせい》が飛びだし、途中《とちゅう》で方向がそれて太陽系の内域《ないいき》にまでやってくることがあります。それらの彗星のいくつかは地球などの惑星《わくせい》に衝突《しょうとつ》するにちがいありません。私たちの考えでは、そうした衝突によって現在、地球の表面にある海洋や大気を構成《こうせい》している揮《き》*発生《はっせい》物質の大半《たいはん》が生じたのです。

H・C・ユーリー*が一九六三年に「ホイルの説は人為的《じんいてき》すぎる」と批評《ひひょう》しました。多くの科学者もユーリーの見解《けんかい》を支持《しじ》したことは知っています。しかし、状況《じょうきょう》は急速に変化しております。

私はフレッドの考え方に基本的な誤《あやま》りはないと考えております。また、それを裏《うら》づける最近のデータもふんだんにあります。

池田　彗星などが原始の地球に衝突したとすると、当然のことながら大量の熱が発生したことでしょう。

したがって、原始の地球を取《と》り囲《かこ》んでいた原始大気が蒸発《じょうはつ》して消滅《しょうめつ》し、その後、惑星内部からガスが抜《ぬ》け、現在の大気の原形が形成されていったことは容易《ようい》に理解されます。

生命への根源的《こんげんてき》な〈傾向性《けいこうせい》〉

博士　地球が初めて安定した大気と地殻《ちかく》をもつようになったのは、約三十八億年前と考えられています。その時期は、月から得た資料によってかなり正確に推定《すいてい》することができます。つまり、それまでは隕石《いんせき》が月面に激突《げきとつ》しつづけていたのに、それがちょうどこの時期にぴったりやんでしまったのです。

池田　地球から月面を見ると、明るい部分と暗い部分がありますが、アポロ宇宙船による月面探査《たんさ》の結果によれば、明るい部分が隕石の衝突《しょうとつ》で細《こま》かく砕《くだ》かれた石の部分で、暗い部分が内部からわき出してきた溶岩《ようがん》の部分といわれます。そして、明るい部分は三十八億年より古く、暗い部分は三十八億年より若いそうですが。

博士　そのとおりです。地球と月は、隕石の動くスケールからみると、ゼロといってよいほど近距離《きんきょり》にある天体ですから、地球も約三十八億年前まで、つねにそうした激突を受けていたと思われます。したがって、隕石の激突が終わったときが、地球の歴史のうえで生命が存続《そんぞく》できるようになった最初の時期だったのです。

池田　グリーンランドで見つかった最古の岩石というのもこれくらいの古さですか。

博士　そうです。これが最古の堆積岩《たいせきがん》の出現した時期なのです。堆積岩というのは、より原始的な火成岩が水に浸食《しんしょく》されてできたものです。注目《ちゅうもく》すべきことは、原始的な生命体、つまりバクテリアとか、もしかしたらイーストとさえ呼べるようなものの化石が、こうした最古の堆積物の中に発見されているということです。

池田　南アフリカで発見された三十一億年前のフィグトリー*頁岩《けつがん》のことですね。

博士　その後、ゆっくりと、ほとんど気がつかないほどの速度で、いくつもの長大な地質年代にわたって地球上の生命は進化し、だんだん複雑《ふくざつ》になっていきました。そして、幾筋《いくすじ》にも分かれた進化の枝の一つを通ってやっと人間が出現したのです。約十万年から二十万年前のことです。

池田　人間が出現した点について、フランスの分子生物学者、*生化学者ジャック・モノー*は、『偶然《ぐうぜん》と必然《ひつぜん》』の中で「人間はついに、宇宙の無感情な無限《むげん》の広がりのなかに一人いることを知った。その広がりのなかから人間はただ偶然《ぐうぜん》によって出現したのである」（Jacques Monod, *Chance and Necessity*, translated from the French by Austryn Wainhouse, Alfred A. Knopf, Inc., 1971）と述べています。

そして「科学的方法の基本的土台は、自然は客観的であるという仮定《かてい》である。言《い》い換《か》えると、現象《げんしょう》を終局《しゅうきょく》原因、すなわち目的によって解釈《かいしゃく》することで真の知識が得られるということを系統的《けいとうてき》に否定《ひてい》することである」（同）と主張しております。

私は、この「人間はただ偶然によって出現した」という思想は、科学の客観的な立場から、人間が生きることとの意味を否定する十九世紀の唯物論《ゆいぶつろん》思想の影響《えいきょう》を、色《いろ》濃《こ》く残しているようにも思うのです。

博士は、人間の生きる意味と客観性とを両立させるような科学は、はたして可能《かのう》だと思われますか。

博士　モノーの主張、すなわち自然についての唯一《ゆいいつ》の正当な解釈は〈目的〉を否定することによって得られる、という見解《けんかい》には同意できません。それは知性を否定することになるからです。

人間は明らかに知性と意識《いしき》と目的観を賦与《ふよ》されています。したがって、これらの属性《ぞくせい》は、まさに大宇宙に本来そなわっている同様の属性に由来《ゆらい》しているにちがいない、といえるでしょう。

池田　近年の分子生物学などの進展《しんてん》によって、生命誕生《たんじょう》の謎《なぞ》が解明《かいめい》されようとしています。初めに無機《むき》物質が存在し、そこに紫外線《しがいせん》や放電のエネルギーが作用《さよう》してアミノ酸や脂肪酸《しぼうさん》、そしてたんぱく質や核酸《かくさん》が合成されたとされています。しかし、簡単《かんたん》なたんぱく質でさえ、それを構成《こうせい》するアミノ酸が〈無目的〉に結合すると考えると、ほとんど合成不能《ふのう》であることが示唆《しさ》されております。

放送大学教授の野田春彦博士は、アミノ酸を手当たりしだい使うという方法をとったのでは、「百個のアミノ酸が註文通《ちゆうもんどお》りにつながったタンパク質分子が偶然《ぐうぜん》できるまでには、宇宙の物質全体をアミノ酸にしても足《た》りないのである」（野田春彦『生命の起源』日本放送出版協会）と述べ、核酸の場合も、ほぼ同じような計算をしています。そして、「自然界の物質には生命を作りたがるような傾向《けいこう》があると考えざるを得ない」（同）と述べています。

私も同様に、生命の発生に関して、目的論を完全に除外《じょがい》することには無理《むり》を感じます。そして宇宙の中に生命を誕生《たんじょう》させる〈傾向性《けいこうせい》〉が根源的《こんげんてき》にそなわっているのではないかと考えています。

博士　さらに、もし宇宙の年齢《ねんれい》をほんの百五十億歳ないし百八十億歳に限定《げんてい》するとすれば、組織化された生命体の誕生には、知性をそなえた存在による意識的《いしきてき》な介入《かいにゅう》が必要となることでしょう。

つまり、生命体（たとえば酵素《こうそ》）にとって最も重要な分子の配列《はいれつ》は、宇宙全体とつながっている知的存在によって「行われ」なければならなかったことになります。

私自身としては、それはほとんど考えられないことだと思います。むしろ、宇宙の年齢は限《かぎ》りのないものであり、その無窮《むきゅう》の時の流れのなかで、組織化された生命体が自然に発生したという可能性《かのうせい》のほうが大きいと思います。

私たちがもっと知らなければならないのは、どのようにして意識が進化し、高等生物の脳細胞《のうさいぼう》という化学構造《こうぞう》の中に刻印《こくいん》されるようになったのか、ということです。

転換点《てんかんてん》となった『種《しゅ》の起源《きげん》』

池田　地球上における生物の進化に関しては、十九世紀にダーウィンが発表した『種の起源』が、生物学の世界だけでなく、思想・哲学をはじめさまざまな分野に大きな衝撃《しょうげき》を与《あた》えました。彼の学説の骨格《こっかく》は次のようなものといわれています。㈠生物は一般に多産《たさん》であって、そのなかには変異《へんい》をともなうものもある、㈡子孫《しそん》の間で生存競争《せいぞんきょうそう》が起きるが、変異が有利《ゆうり》に働く場合もある、㈢それが自然選択《せんたく》され、有利な変異を遂《と》げたものが生き残ってその種の多数派となる。ここに進化のプロセスが起きる、というものです。このような「自然選択説」を骨格として、「進化論」を打ち立てました。

これらは十九世紀の思想を基盤《きばん》にしたものであり、現在の私たちの理解からはほど遠い部分もあります。

しかし、その後に立場を異《こと》にする学説が提案《ていあん》されたとはいえ、〈ネオ・ダーウィ*

ニズム〉に代表されるように、*突然変異《とつぜんへんい》の発見や*メンデルの遺伝《いでん》法則の再発見、さらには*分子遺伝学による遺伝子の解析《かいせき》など、ダーウィン進化論を補強《ほきょう》するような知見も多く提示《ていじ》されております。

　したがって、ダーウィンの業績《ぎょうせき》の意義、また「進化」という問題を科学研究の対《たい》象《しょう》として確立したという意義は変わらないと思います。

博士　提起《ていき》された問題点はとても興味深《きょうみぶか》いものです。一八五九年に『種《しゅ》の起《き》源《げん》』が発刊されたことが、科学ばかりでなく歴史や社会学においても転換点《てんかんてん》となったということについて、私も同じ意見です。

　ダーウィン説の社会学的意味には、純粋《じゅんすい》な科学的意味と同様に深いものがあります。ダーウィンの説のもとになったデータや観察《かんさつ》は決して新しいものではありませんでした。すでに三十年ほど前に、イギリスの博物学者エドワード・ブライスが、ほぼ同じような一組の事実を用《もち》いて、自然選択《せんたく》は種としての固定した形質《けいしつ》をおおむね保《ほ》持《じ》するという、現状維持《げんじょういじ》的《てき》な役割《やくわり》を果《は》たしているにすぎない、と主張しました。

池田　博士の言われるとおり、『種の起源』の中にあるデータは、ビーグル号による観察《かんさつ》データはともかくとして、一般的なものも多いようです。たとえば、生物が多産《たさん》である例として魚の卵の数を挙《あ》げたり、変異《へんい》の例として人が飼育《しいく》しているハトが野生のハトの変異であることなど、卑近《ひきん》なデータが少なくありません。たとえ身近で雑多《ざった》なものであっても、科学者の洞察眼《どうさつがん》はいかに本質を突《つ》くものであるかを物語っています。ましてや、神がすべての生命を創《つく》りだしたという考え方が圧倒的《あっとうてき》に支配していた時代ですから、なおさらその感を深くします。

博士　いうまでもありませんが、私たちは地質学上の記録から、種《しゅ》が時の経過《けいか》とともに多様化し進化するという漸進的傾向《ぜんしんてきけいこう》を示《しめ》すことを知っております。最も初期の生物は比較的単純《ひかくてきたんじゅん》――たとえば単細胞構造《たんさいぼうこうぞう》――であり、最も新しい生物は複雑《ふくざつ》で高度の機能《きのう》をもっています。

ダーウィンの時代には、完全にそろった地質学上の証拠《しょうこ》が得られていたわけではありませんが、それでも進化が起きたことだけはおぼろげながらわかりました。長い時間の単位で進化が行われるという事実には異議《いぎ》はありませんでしたが、どのような仕組《しく》みで進化が起きるのかという問題は完全には解決されていませんんでした。

ダーウィンの説明は「自然選択《せんたく》」――つまりどの種《しゅ》であれ、生まれてくる膨大《ぼうだい》な数の成員のなかで最も適《てき》したもののみが生き残る、ということでした。一つの種の多数の成員の中に偶発的《ぐうはつてき》に生ずる突然変異体《とつぜんへんいたい》は、あいているニッチ（生態的地位《せいたいてきちい》）を競《きそ》って埋《う》めようとするが、この競争《きょうそう》で少しでも上手に生き残ることができた突然変異体は、ますます多くの子孫《しそん》を生んでいく。

このようにして一つの種がほかの種とゆっくりと融合《ゆうごう》し、新しい目*《もく》や綱《こう》の植物や動物がつくられるのであろう、と考えられたのです。

このことに関するダーウィンの説明は次のように要約されています。

「概《がい》していえば、どの種においてもタカや寒気などにやられて、毎年ほぼ同数の個体が死んでいくにちがいない。したがって、一つの種のタカの数が減《へ》るだけでも、ほかのあらゆる種がただちにその影響《えいきょう》を受けるにちがいない。かくして、さまざまな形の割りこみが行われるが、その究極《きゅうきょく》の原因は適切《てきせつ》な構造《こうぞう》を選《えら》びだすことにあるにちがいない。……いうなれば、くさび十万個分の力《ちから》が、環境《かんきょう》に順応《じゅんのう》したありとあらゆる構造《こうぞう》に作用《さよう》し、それらを自然界の秩序《ちつじょ》の中の空所《くうしょ》に押《お》しこめようとする。いや、弱い構造を追いだして空所をつくっているのである」（C. Darwin, "Notebooks on Transmutation of Species, 1837-39," Darwin Manuscript Library, Cambridge Univetsity）

この文章の力《ちから》あふれる修辞《しゅうじ》は一八五九年に成功を収《おさ》めました。また今日《こんにち》においても同様です。しかし、偶然《ぐうぜん》に生ずる複製《ふくせい》のさいの誤《あやま》りによって、ある最初の生物──たとえばバクテリア──からありとあらゆる動植物が生まれたとする説は、世《せ》人《じん》の軽信性《けいしんせい》につけこむものであり、論理的《ろんりてき》にも無理《むり》な拡大解釈《かいしゃく》です。

池田　真理をあいまいにすることもよくありませんが、真理を拡大解釈するのもつつしむべきですね。科学によって明らかにされた事実は、人間が知ろうとしている事実の一つの側面《そくめん》であり、おのずから限界《げんかい》をもっているものです。この限界性を忘《わす》れて、不用意《ふようい》に理論を飛躍《ひやく》させることには、きわめて慎重《しんちょう》でなければならないでしょう。

有名なエピソードですが、『種《しゅ》の起《き》源《げん》』が発刊されて半年後に行われた公開討論《とうろん》会《かい》で、進化論反対論者のサミュエル・ウィルバーフォース主教が、賛成論者のトマス・ハクスリー*に対して「一つだけお聞きしたい。先生はサルが自分の祖先《そせん》だとおっしゃる。では、そのサルの祖先はあなたの祖父方《そふがた》にあたるのですか、それとも祖母方《そぼがた》ですか」と質問しました。ハックスリーは少しも動ずることなく「私の祖先がサルだからといって、それは恥《は》ずかしいことではありません。恥ずかしいのは、その偉大《いだい》な人間の才能を使って真理をあいまいにしている男と私が、共通の祖先をもっているということです」と述べたそうです。

進化に必要な地球外からの情報

博士　困難《こんなん》が生ずるのは、新しい情報、たとえば一個の人間をつくりあげるのに必要な情報を、バクテリアに存在する情報から生みだそうとするときです。それがバクテリアよりもっと人間に近い祖先であっても同じことです。原始バクテリアを何十億、何百億複製《ふくせい》しても、必要な情報を得ることはまったく不可能《ふかのう》です。

ここで一個のバクテリアをつくりだすのに必要な情報が書物の一ページ、たとえば、シェークスピアの作品の一ページに書かれた文字に含《ふく》まれている情報と同じものだと想像してみてください。そして、筆写《ひっしゃ》をする人がこのページを何十億回、何百億回と書き写していることを想像してみてください。

標準的《ひょうじゅんてき》なダーウィンの生物学理論は、このわずか一ページを繰《く》り返《かえ》し書写《しょしゃ》するさいに生じる誤《あやま》りを全部集めれば、最終的にはシェークスピアの全戯曲《ぜんぎきょく》だけでなく、世界中の図書館にある、あらゆる本をつくることができる、というのに似《に》ておりま す。これはたしかに論理的《ろんりてき》にも、また常識からいってもひどいこじつけです。

新しい種《しゅ》をつくりだすことができるというダーウィン理論の主張は、厳密《げんみつ》な計算によって正当化されたことはありません。また化石の記録の中で、間違《まちが》いなく種と種の橋渡《はしわた》しとなった生物の存在を示《しめ》す地質学上の証拠《しょうこ》も現れたことはありません。

地質学上の証拠がないという点についてのダーウィンの弁明《べんめい》は、彼の時代においては化石の記録は不完全であるが、ゆくゆくは彼が必要とする証拠が発掘《はっくつ》されるであろうということでした。しかし、今日《こんにち》においても状況《じょうきょう》はなんら変わっておりません。

池田　おっしゃるとおり、数々の論争《ろんそう》を生んできた所以《ゆえん》です。そこで、化石などの観察《かんさつ》から進化の中間型や移行型《いこうがた》が発見されていないことから、進化は短期間の急《きゅう》激《げき》な変化によって起きるが、その後、長期間にわたって生物には変化の起きない状《じょう》態《たい》がつづくという「断続平衡説《だんぞくへいこうせつ》」が唱《とな》えられています。つまり、進化は必《かなら》ずしも連《れん》続《ぞく》して生じてきたとはかぎらないというのです。この点についてはどうですか。

博士　「断続（または中断）平衡説」にも大きな問題が一つあります。それは、この説が厳密《げんみつ》な意味の学説とはいえないということです。化石の記録から得られた実際の証拠《しょうこ》を、ただ言葉を並《なら》べて描写《びょうしゃ》しているだけで、現象《げんしょう》そのものに関する説明はまったくないからです。

十九世紀にダーウィンの支持者《しじしゃ》たちは、生物の進化を本質的に否定《ひてい》する聖書の創《そう》造説《ぞうせつ》に対して断固《だんこ》反対しました。この動きの背景《はいけい》にある社会学的な理由は、教会の権力と影響力《えいきょうりょく》の増大《ぞうだい》、そしてそれが必然的《ひつぜんてき》に引き起こした人々の怒《いか》りにあったと思われます。また、十九世紀中葉《ちゅうよう》に勢《いきお》いを増《ま》していた産業革命《かくめい》の影響もありました。人間は全能《ぜんのう》になりました。自然から力《ちから》をもぎとり、蒸気《じょうき》機関車をつくり、世界を征服《せいふく》することさえできるようになりました。したがって、この機械論的・還元主義《かんげんしゅぎ》的《てき》な態度《たいど》をさらに広げ、それによって生命に関するあらゆる現象《げんしょう》の説明を求めようとすることは当然のなりゆきでした。しかし、そのような試《こころ》みはまったくの失敗に終わりました。

進化の事実は間違《まちが》いなく正しいし否定《ひてい》できませんが、ダーウィンとその門下《もんか》が示《しめ》した進化のメカニズムは、新しい種《しゅ》の誕生《たんじょう》と意識《いしき》および知性の起源《きげん》を説明するには不十分なものでした。私の見解《けんかい》では、進化に必要であったのは、この地球の外から創造《そうぞう》にかかわる情報が入ってくることです。

池田　ダーウィンの進化論は、西欧《せいおう》文化に多くの影響《えいきょう》を与《あた》えております。たとえば、社会ダーウィニズムが「適者生存《てきしゃせいぞん》」とか「生存競争《きょうそう》」といった概念《がいねん》を導入《どうにゅう》して、ハーバート・スペンサー*によって提唱《ていしょう》されております。

博士　おっしゃるとおりです。社会ダーウィニズムは、科学ダーウィニズムのすぐ後を追って現れました。アドルフ・ヒトラー*のドイツ民族がほかの民族より優《すぐ》れているとの弁明《べんめい》は、ある点ではダーウィン説的イデオロギーから派生《はせい》したものとみることができます。同様に、強国による弱国の植民地支配は、時にはダーウィン説の思想によって弁護《べんご》されました。一つの科学上の理論が想像もできない方向に拡大されたのです。

「生物進化」の思想はさらに、最初のバクテリアが発生する前に起きた「化学進化」を示唆《しさ》し、単純《たんじゅん》な化学物質から生命が発生したという説にまで発展しました。アミノ酸などの生命の構成《こうせい》材料はこのようにしてできるでしょうが、生命が発生することなどほとんど不可能《ふかのう》であると私は思います。

池田　進化論の考え方の影響《えいきょう》は、宇宙を対象《たいしょう》とする天文学の分野にもさまざまな形で表れています。たとえば、宇宙は進化するという思想にのっとったビッグバン説が提起《ていき》されたり、今、博士が言われたように、〈物質進化〉〈化学進化〉〈生物進化〉などという言葉が使われていることにも表れていると思います。

つまり、ビッグバン理論をもとに〈宇宙進化〉について考えますと、宇宙誕生後《たんじょうご》の〈物質進化〉は、第一段階には素粒子《そりゅうし》、水素・ヘリウム原子の生成から恒星内《こうせいない》の核融合反応《かくゆうごうはんのう》、超新星爆発《ちょうしんせいばくはつ》による重元素《じゅうげんそ》合成にいたる元素の進化が位置します。次いで、こうしてできた元素《げんそ》が結合して高分子《こうぶんし》化合物をつくりだす〈化学進化〉の第二段階があります。そして、この結果誕生《たんじょう》した原始生命の発展という第三段階の〈生物進化〉が位置づけられることになります。

博士　〈進化の思想〉が天文学や宇宙論にまで広がるとおっしゃったことは興味《きょうみ》深《ぶか》いことです。生命の起源《きげん》が地球上の単純《たんじゅん》な始まり、つまり一個のバクテリアにまでさかのぼれたように、全宇宙が一個の〈超原子《ちょうげんし》〉に始まったとする思想も、それと同様であるように見えるかもしれません。〈創造《そうぞう》〉が、生命については生物学者に否定《ひてい》されたとはいえ、その後まもなく宇宙論においてビッグバン宇宙創造説として復活《ふっかつ》しているのは皮肉《ひにく》なことです。

〈生命的存在〉の大宇宙

池田　博士のように、ビッグバン宇宙進化論のシナリオを信じない立場の学者もいます。その場合、星間塵《せいかんじん》の上に乗っている〈生命の種子《しゅし》〉は、いつ、どこで、どのような環境《かんきょう》のもとで形成されていったとお考えですか。

博士　ビッグバン宇宙論では、有機的《ゆうきてき》構造《こうぞう》をもった生命が純粋《じゅんすい》に機械的なプロセスから生まれるには時間が十分でない、と私は考えます。〈生命の種子《しゅし》〉は炭素や窒素《ちつそ》・酸素・燐《りん》などの元素《げんそ》を必要としますが、これらが生ずるのは、銀河《ぎんが》が形成されて恒星《こうせい》が進化し、超新星《ちょうしんせい》が爆発《ばくはつ》した後です。

生命に適《てき》した状態《じょうたい》が現れるのは、標準的《ひょうじゅんてき》なビッグバン宇宙論では、百二十億年以前よりさらにずっと前だったということはありえません。私が賛成したい定常《ていじょう》宇宙論では、〈生命の種子〉と諸属性《しょぞくせい》は宇宙の不変《ふへん》の構造《こうぞう》の一部となっています。

池田　テキサス大学のスティーブン・ワインバーグ*は、『宇宙創成《そうせい》はじめの三分間』（小尾信彌訳、ダイヤモンド社）の中で、現在の宇宙の進化論を説得力《せっとくりょく》をもって論じ、その結果として「宇宙は無意味である」と言っております。

仏教の「宇宙即我《そくわれ》」の法理《ほうり》は、人間の生命と大宇宙とは本来的に密接不可分《みっせつふかぶん》なつながりがあることを教えていると、これまでにふれてきましたが、大宇宙そのものが〈生命的存在〉であり、それゆえに、宇宙には生命へと向かう傾向性《けいこうせい》が根源的《こんげんてき》に内在《ないざい》していると考えます。このような視座《しざ》から、大宇宙の生々流転《せいせいるてん》と人間生命の存在との間に深い意味を見いだすのです。

もとより、ワインバーグの表明は冷静《れいせい》な科学の眼《まなこ》を通してのものであり、哲学のそれとは異《こと》なるでしょう。しかし、現実に生きている人間生命にとって、宇宙の存在はまったくなんの意味もないものでしょうか。

博士　先生が説明された生命的宇宙にあたるものは、定常宇宙論《ていじょう》の観点と驚《おどろ》くほど合致《がっち》するのです。

生命こそ宇宙本来の目的であると考えられましょう。つまり、宇宙全体が生命と意識《いしき》の維持《いじ》に向けられているということです。

*朝永《ともなが》振一郎博士の業績《ぎょうせき》を世界に紹介《しょうかい》したプリンストン大学のF・ダイソン博士*も、その自伝でこの点について同様の深い考察《こうさつ》を加《くわ》えていますが、いかなる世界の分析《ぶんせき》においても、もし宇宙的生命に関する考察という側面《そくめん》が省略《しょうりゃく》されるならば、ワインバーグと同じジレンマにおちいることになるでしょう。すなわち宇宙はまったく意味がないように見えることでしょう。

第二章　科学と宗教

一　新たな世界観を求めて

還元主義《かんげんしゅぎ》を超《こ》えて

池田　二十一世紀に臨《のぞ》むにあたり、地球上のいたるところで古い価値観《かちかん》が崩壊《ほうかい》し、人類は大きな転換期《てんかんき》をむかえております。なかでも興味深《きょうみぶか》い事実は、科学と宗教の関連性を考えるうえで、多くの人々の心が新《あら》たな世界観の創出《そうしゅつ》へと向かい始めたことです。

今日《こんにち》、西洋科学文明は多くの困難《こんなん》な問題をかかえて、行き詰まりの様相《ようそう》を呈《てい》しております。これに対して、転換期をむかえて、多くの人が新しい世界観・宇宙観を求めて、行動の規範《きはん》、つまり〈パラダイム〉をつくりだそうと考えています。

新しい動向《どうこう》は、機械論的世界観とその手法《しゅほう》である要素還元主義《かんげんしゅぎ》を超《こ》えて、全包括《ぜんほうかつ》的《てき》（ホリスティック）で生態学的《せいたいがくてき》なアプローチにもとづく、新しい世界観の構築《こうちく》を志《し》向《こう》しているように思われます。

博士　ガリレオ、デカルト*、ニュートンらが提唱《ていしょう》した完全に機械論的で還元主義的な世界観を超えて、全包括的で生態学的志向の世界観へと移行《いこう》する傾向《けいこう》が現代世界において増大《ぞうだい》している、というご意見に私も同感です。

還元主義的なものの見方《みかた》が、十七世紀半《なか》ばに、物理学の誕生《たんじょう》と時を同じくして台《たい》頭《とう》してきたことを認識《にんしき》することは重要だと思います。

還元主義はじつのところ、生物を含《ふく》む宇宙全体を機械論的・物理学的諸原理によって説明する一つの試《こころ》みでした。

池田　西洋近代科学の父といえば、ガリレオが挙《あ》げられます。そして、同時代に生きた、経験科学の祖《そ》といわれるフランシス・ベーコン*やデカルトを経《へ》て、ニュートン力学《りきがく》の完成へと引《ひ》き継《つ》がれていきました。いうまでもなく、それが今日《こんにち》の科学時代の淵源《えんげん》です。

博士　そのとおりです。還元主義的《かんげんしゅぎてき》世界観の起源《きげん》は、じつに一六二三年にさかのぼります。その年にガリレオは『偽金鑑識官《にせがねかんしきかん》』という書物を著《あらわ》し、科学とは「第一」性質――有形で測定可能《そくていかのう》な外的世界の属性《ぞくせい》――にかかわるものと事実上定義したのです。愛や怒《いか》り、美などの「第二」性質は、科学の正当な領域《りょういき》の外にあるものと考えられていました。

その十数年後、一六三七年にデカルトは、還元主義的世界観と本質的に同じ考えを表明し、測定および分割《ぶんかつ》が可能な「レス・エクステンサ」（物質的なもの）と、測定も分割も不可能《ふかのう》な「レス・コギタンス」（考えるもの）とを区別しました。（＝一六三七年に『方法序説』、四一年に『省察』、四四年に『哲学の原理』を出版するなど、いわゆる物心二元論を説《と》いた）

このようにレス・エクステンサとレス・コギタンスから成る世界が仮定《かてい》されたのですが、その後の還元主義的科学の発展は、いかなる形態《けいたい》にせよ、もっぱら物質的要素であるレス・エクステンサにのみ関係したものでした。

彗星《すいせい》や惑星《わくせい》・恒星《こうせい》の運行をあざやかに説明した、いわゆる古典力学《りきがく》をあつかうえで、この還元主義的《かんげんしゅぎてき》アプローチは大成功を収《おさ》めました。

さまざまな物質的体系《たいけい》のモデルを、当時のデータと一致《いっち》した還元主義の枠内《わくない》でつくることが可能《かのう》になりました。また、将来《しょうらい》の観測《かんそく》によって確認《かくにん》できると思われるモデルを予見《よけん》する者もいました。

ニュートン力学《りきがく》は十九世紀の産業革命《かくめい》に不可欠《ふかけつ》の牽引力《けんいんりょく》でした。産業革命のおかげで私たちの生活はすっかり変わりました。そのために私たちは、産業革命を可能にしたデカルト的世界観の絶対的妥当性《だとうせい》に異議《いぎ》を唱《とな》えることを避《さ》けてきたのです。

量子《りょうし》力学の幕開《まくあ》け

池田　十九世紀の機械論的世界観にもとづく近代科学の発達は、驚異的《きょういてき》なものでした。ところが、ちょうど一九〇〇年にマックス・プランク*が〈量子仮説《かせつ》〉を発表し、一九〇五年にアインシュタインが特殊相対性《とくしゅそうたいせい》理論を提唱《ていしょう》したときから、物理学はニュートン力学を古典力学としてしまうほどの転換期《てんかんき》をむかえたように思うのです。

〈量子《りょうし》〉という概念《がいねん》が用《もち》いられ、量子力学《りきがく》の世界が幕《まく》を開《あ》けると、ニュートン力学の土台を揺《ゆ》るがすような事実が次々と現れてきます。アインシュタインをはじめ、エルンスト・ラザフォード、ニールス・ボーア、エルヴィン・シュレーディンガー、ウェルナー・ハイゼンベルク、ポール・ディラックなどの科学者が輩出《はいしゅつ》し、量子力学・素粒子論《そりゅうしろん》によって、微小《びしょう》な世界を貫《つらぬ》く法則が明らかになってきました。*　*

これは画期的《かっきてき》なことでした。

博士　〈量子〉という言葉には〈離散的《りさんてき》な量〉という意味が含《ふく》まれています。物質の巨視的《きょしてき》な特性《とくせい》は、特別なことがないかぎり、なめらかに連続的《れんぞくてき》に変化します。ところが原子の粒子の特性は、しばしば不連続な量でしか変化を示《しめ》しません。このことが発見されたのは今世紀《こんせいき》の初めでしたが、物理学者たちに大きな衝撃《しょうげき》を与《あた》えました。

その結果、やがて彼らは原子や電子の示す数量の、そのような不連続な性質を考え合わせて量子論を打ち立てたのです。

池田　古典力学《りきがく》と量子力学《りょうし》の違《ちが》いをどのように見ておられますか。

博士　量子力学とは何か。一言でいえば、素粒子《そりゅうし》の世界を〈波動《はどう》〉によって表すことです。

これらの〈波《なみ》〉の性質は実験による測定《そくてい》の方法と関係しています。一つの量子系における個々の構成《こうせい》要素は、ある実験をしたときは、古典力学でいう〈粒子〉のように振《ふ》る舞《ま》い、また別の実験をしたときは、〈波動〉と考えることができるのです。たとえば、電子は〈粒子〉でもあり〈波動〉でもあるかのように振る舞います。同様の二重性は、＊電磁《でんじ》放射《ほうしや》や光においても見られます。

池田　〈粒子〉であるというのは、一個一個が独立した個性をもち、数えられるということであり、〈波動〉というのは、一個一個が独立しているのではなく、二者が干渉《かんしよう》し合って、互《たが》いに強め合ったり弱め合ったりすることである、と理解しています。電子が両方の性質をもっているということは、興味深《きようみぶか》いことです。

博士　そうです。このために＊古典物理学の決定論を放棄《ほうき》しなければなりませんでした。それにとってかわったのが＊確率論《かくりつろん》です。私たちが現象《げんしよう》を解釈《かいしやく》するとき、〈粒子〉や〈波動《はどう》〉といった古典力学《りきがく》の用語を使用せざるをえません。しかし、それでは概念上《がいねんじょう》の矛盾《むじゅん》が生じます。そこで、用語だけは残して、その用語のよってたつ基盤《きばん》である決定論を変えてしまったのです。

池田　その結果が有名なハイゼンベルクの「*不確定性原理《ふかくていせいげんり》」になったということですか。

博士　そうです。この原理によって、素粒子《そりゅうし》の場合、位置と運動量を同時に、しかも完全に確定することはできなくなりました。一定の限度内《げんどない》で、位置が確定した場合には運動量が確定できないし、逆《ぎゃく》に運動量が確定した場合には位置が確定できないのです。

量子論《りょうしろん》は一九二〇年代の初めころから、古典物理学を尻目《しりめ》に先へ先へと進展《しんてん》しつづけました。

池田　〈運動量〉というのは、物体の動く速度と考えてよろしいでしょうか。

博士　ええ。それで十分だと思います。厳密《げんみつ》にいえば物体の質量が関係し（＝質量と速度の積《せき》が運動量）、ふだん目にするような重い物体に対しては、不確定性が問題にならなくなるということはありますが。

池田　量子論《りょうしろん》は、それまでの決定論的・機械論的な世界観を根底《こんてい》から変えてしまい、アインシュタインやプランクなど、量子論の出発点を築《きず》いた科学者たち自身が、その完成した理論を信じられなかったといいますね。

博士　ニールス・ボーアは量子論について独自《どくじ》の解釈《かいしゃく》をしていますが、それによりますと、外的世界とそれに関する観察者《かんさつしゃ》の知覚《ちかく》とは密接《みっせつ》に結びついています。つまり量子論における外的世界とは、それに関する私たちの知覚から離《はな》れて独自に存在するものではないのです。

量子論の哲学的な含蓄《がんちく》はまことに深いものであり、そのいくつかの側面《そくめん》は今でも活発に論議《ろんぎ》されています。

たとえばアインシュタインは、亡《な》くなるその瞬間《しゅんかん》まで「（量子論は）『外の』世界は、観測者《かんそくしゃ》を示《しめ》し実験の仕方《しかた》を明示《めいじ》して初めて、それらとの関連においてのみ存在しえる、と主張する。しかし、これは量子論には大事な要素が一つ欠《か》けていることを示しているだけだ」と信じこんでいました。

アインシュタインとボーアが、これらの問題をめぐって論争《ろんそう》を展開したのは有名な話です。

量子論《りょうしろん》に通ずる「縁起《えんぎ》観《かん》」

池田　論争の焦点《しょうてん》は、今日《こんにち》、量子力学《りきがく》の〈コペンハーゲン解釈《かいしゃく》〉*として知られているものですね。ここでは決定論が統計的な確率《かくりつ》に置《お》き換《か》えられ、また観測者《かんそくしゃ》と観《かん》測値《そくち》との不可分性《ふかぶんせい》が示《しめ》されております。つまり、主体《しゅたい》と客体《きゃくたい》との関連性という哲学的にきわめて興味深《きょうみぶか》い概念《がいねん》を提示《ていじ》しています。

博士　物質の世界は、観測できる範囲《はんい》では明らかに決定論的な性質をもっています。しかし、原子や素粒子《そりゅうし》の段階では、すべての遷移《せんい》が今述べられたように確定性《かくていせい》に欠《か》けています。

各観測段階において不確定性を取《と》り除《のぞ》くのは観測それ自体です。つまり観測者の意識《いしき》が介在《かいざい》することです。世界はまさしく、そうした観測段階の連続《れんぞく》とみなすことができます。

それぞれの段階のなかでは量子力学《りょうしりきがく》の諸法則があてはまります。しかし、ある段階から次の段階に進むためには意識《いしき》の介在《かいざい》が必要となります。そしてそれは、還元《かんげん》主義的《しゅぎてき》な物理学法則の範囲《はんい》を超《こ》えることになるのです。

こうした問題のいくつかは、深い哲学的なレベルではまだ未解決《みかいけつ》だと考えられています。しかし、いうまでもありませんが、自然現象《げんしょう》を説明する量子力学は、確固《かっこ》とした揺《ゆ》るぎない理論体系《たいけい》です。多分、今世紀《こんせいき》に現れた物理学理論のなかで、最大の成果を上げているといってよいでしょう。量子論によって分子や原子や原子核《げんしかく》の構造《こうぞう》、素粒子《そりゅうし》の生成・消滅《しょうめつ》などが説明できるようになり、また反物質《*はんぶっしつ》などに関する予言が可能《かのう》になったのです。

さらに間接的な成果としては、恒星《こうせい》内部の深層《しんそう》で起こる核反応《かくはんのう》の過程《かてい》がわかってきたことが挙《あ》げられます。これまでの実験によって、量子力学にもとづく予言と反対の結果が出たことは、まだ一度もありません。

池田　博士の言われるとおり、量子論のはらむ哲学的意味には仏教の視座《しざ》から見てもたいへんに重要なカギが隠《かく》されていると思います。

仏教の基本的法理《ほうり》の一つに「縁起観《えんぎかん》」がありますが、この法理は、あらゆる現象《げんしょう》は*〈因《いん》〉と〈縁《えん》〉が相互《そうご》に関連し合って結果を生じるというものであり、〈因〉と〈縁〉との二因論《にいんろん》とも、また多因論《たいんろん》ともいわれております。現実世界におけるただ一つの因が一つの果《か》を引き出すなどという機械論的決定論ではなく、因果《いんが》の連鎖《れんさ》をも包含《ほうがん》しながら、最後に多くの〈縁〉の関連性をとらえていくという包括的《ほうかつてき》な法則といえましょう。

多くの〈縁〉、または〈因〉〈縁〉との相互関連から結果を生じますから、この関連性のなかには自由度がそなわることになります。このような意味では、ハイゼンベルクの不確定性原理《ふかくていせいげんり》とも相通《あいつう》ずるものがあるように思われます。

なお、この「縁起観」を認識論的《にんしきろんてき》立場から展開してみますと、仏教では、人間の認識作用《さよう》は次の三つの因子《いんし》が相互に関連し合って生じてくると説《と》いております。

つまり生命主体《しゅたい》の側《がわ》からは、まず六識《ろくしき》という意識《いしき》の作用があり、ならびにその六識が顕在化《けんざいか》する身体の場としての六根《ろっこん》（感覚器官）があり、それに対応《たいおう》する形で環《かん》境《きょう》の側《がわ》からは、六境《ろっきょう》という対境《たいきょう》が作用《さよう》してきます。この*六識《ろくしき》・六根《ろっこん》・六境の三者の働きが和合《わごう》し縁起《えんぎ》し合い、そこに認識《にんしき》作用が成立すると説《と》いております。このような仏教の認識論は、還元主義的《かんげんしゅぎてき》アプローチによる機械論的世界観を超《こ》えようとする哲学的意味内容をはらんでいるといえましょう。

博士　普通の機械論的考え方からはずれる近代のもう一つの発展は、いわゆる*〈人間原理〉として表れています。

この原理にはいくつかの形態《けいたい》がありますが、たとえば、その一つが主張していることは、人間意識《いしき》の進化は自然の法則のなかに最初から書きこまれているにちがいないということ、そして、宇宙は私たちが観測《かんそく》できるようにとの目的をもって、実際に設計されているということです。

私はこれらの考えには不満《ふまん》です。なぜなら、それは〈たとえ〈人間原理〉の主唱者《しゅしょうしゃ》たちが否定《ひてい》したとしても〉人間中心的な宇宙観に逆戻《ぎゃくもど》りするように思われるからです。

池田　物理学の領域《りょういき》から生物学の分野に入ってくると、還元主義的アプローチの限界《げんかい》はいちだんとはっきりするようです。仏教の「縁起観」からいっても、無生物よりも生物、さらに人間の生命になるにつれて、〈自由度〉が拡大されていくと説《と》いております。その最も自由なる存在が、高度の〈心〉〈意志〉をもった人間生命といえるでしょう。

博士　そのとおりです。この還元主義的《かんげんしゅぎてき》アプローチが十九世紀末に、人間研究を含《ふく》む生物学をも包《つつ》みこむにいたって、さまざまな難問《なんもん》が生じてきました。それらの難問はいまだに未解決《みかいけつ》のままになっています。還元主義は、生命の進化を基本的な機械的プロセスとしてとらえることに少しは成功しましたが、説明できない事柄《ことがら》が数多く残りました。

人間の知性と〈心〉の発生という問題は、その顕著《けんちょ》な例でした。自然選択《せんたく》による進化の偉大《いだい》な主唱者《しゅしょうしゃ》であったイギリスの博物学者アルフレッド・ラッセル・ウォーレス*でさえ、晩年《ばんねん》においては、還元主義的方法の妥当性《だとうせい》に疑問《ぎもん》をいだいていました。

当然のことながら、ウォーレスは、科学に精神主義と形而上学《けいじじょうがく》*をふたたび取り入れたとして、同輩《どうはい》から厳《きび》しく批判《ひはん》されました。レス・コギタンスは、すでに科学の正当な領域《りょういき》からはずされてしまったのだから、今さら元に戻《もど》すことなどできるわけがない、と彼らは言い張ったのです。

　また、神経細胞《さいぼう》の物理学的・化学的研究の進歩にもかかわらず、人間の脳に関する現代の議論においても、デカルト的態度《たいど》は欠点《けってん》を露呈《ろてい》しました。科学それ自体が私たちの世界認識《にんしき》にもとづいているわけですが、デカルト的世界観は、私たちの主観的経験を研究する余地《よち》をまったく与《あた》えません。脳のモデルをつくろうという試《こころ》みはありますが、それは単独《たんどく》の存在としての〈意識《いしき》〉や〈心〉の存在を認《みと》めてはいません。

　このような考え方の矛盾性《むじゅんせい》を正し、意識の本質を探究《たんきゅう》するためには、新しい全包《ぜんほう》括的《かってき》世界観が当然必要となります。ただし、これがどうすれば達成できるかは現在のところはっきりしていません。

二　近代科学とキリスト教

「神の栄光のために」という目的意識《いしき》

池田　ところで、ヨーロッパ近代の初期に、自然科学を築《きず》き上《あ》げてきた科学者たち――たとえば、コペルニクス、ガリレオ、ケプラー、ニュートン*――の業績《ぎょうせき》を見ると、キリスト教が深くかかわっていたことがわかります。彼らは「神の栄光のために」という明確《めいかく》な目的意識をもっていたようです。

博士　おっしゃるとおり、西洋科学はキリスト教神学に呼応《こおう》して発展してきました。いやそれどころか、西洋文化のあらゆる側面《そくめん》がキリスト教と深く結びついています。これには西欧《せいおう》で発達した芸術・文学・音楽・建築、さまざまな社会体制などがすべて含《ふく》まれます。教会とキリストの教えがヨーロッパの運命のかじをとったのです。

科学もごく普通の文化的営《いとな》みであって、人間がその知性を運用し余暇《よか》を使いきるために始めたものであるといえましょう。

池田　西洋近代の科学者たちの思考《しこう》のなかにも、キリスト教が深く浸透《しんとう》しています。たとえば、コペルニクスによる太陽中心説の採用《さいよう》には、神は複雑《ふくざつ》さではなく〈簡潔《かんけつ》さ〉を選《えら》んだであろう、という信念があったといわれております。神は自然をまったくムダなくつくったのであるから、簡潔でなければならなかったというわけです。

ケプラーにしても、神の摂理《せつり》が幾何学的《きかがくてき》な秩序《ちつじょ》で宇宙をつくったと信じていたからこそ、天体の調和の証明のために星の運動を研究したのだといいます。

また、ガリレオもニュートンも、宇宙は全能《ぜんのう》の神によってつくられた暗号文《あんごうぶん》であると信じており、天体の運動の研究は、宇宙に描《えが》かれた文字の中に神の摂理、すなわち自然の秩序を読みとることであったと考えられます。

博士　ヨーロッパの科学者たちの思考《しこう》のなかに、キリスト教が深く浸透《しんとう》していたとのご意見には全面的に賛成です。また、神は複雑《ふくざつ》さよりも簡潔《かんけつ》さを選《えら》んだというコペルニクスの信念が、結局は天動説《てんどうせつ》を放棄《ほうき》させることになったとのご意見にも同意したいと思います。ただこの場合、最初の動機《どうき》が特定の宗教の考え方に彩《いろど》られていたことは事実ですが、最終的に到達《とうたつ》された見解《けんかい》は従来《じゅうらい》の見解と比《くら》べて絶対的真理により合致《がっち》したものとなった、と考えなければならないことは明らかです。

同様に、そのほかの純然《じゅんぜん》たる事実にもとづく発見、たとえば蒸気《じょうき》機関の発見などの場合にも、一度その発見がなされてしまえば、宗教的ないし文化的背景《はいけい》はそこから切《き》り離《はな》すことができます。

ただし、いうまでもないことですが、現代科学の大半《たいはん》は経験的事実を用《もち》いて重要な理論――たとえば、生物や宇宙に関する理論から地球の環境《かんきょう》に関する理論にいたるまで――を構築《こうちく》することに腐心《ふしん》しています。こうした分野では、私たちはいまだに、特定の宗教を中心とする考え方に付随《ふずい》する諸悪《しょあく》に悩《なや》まされているのです。

池田　そのとおりです。たとえば、キリスト教と科学の闘争《とうそう》の象徴《しょうちょう》として挙《あ》げられるガリレオ事件*には、多くの条件や偶然《ぐうぜん》が重《かさ》なっていたとは思われますが、最も重要な原因は、「神の栄光のために」という目的意識《いしき》によって解読《かいどく》した神の暗号《あんごう》、つまり科学的発見が、キリスト教会の主張する教義《きょうぎ》と食《く》い違《ちが》っていたところにあったのではないでしょうか。

ドグマが抑圧《よくあつ》した「事実」

博士　今になって考えてみれば、科学の進歩にとって不運だったのは、聖書で教えている天地創造《そうぞう》の物語が入り込んできたこと、そして、それと並《なら》んで人間中心の宇宙観が侵入《しんにゅう》してきたことです。

ローマ教会が西暦《せいれき》五〇〇年ごろから信奉《しんぽう》してきたもう一つのドグマ（教義）は、天空にある諸物体は不変であるということ、そして天体に何が起きようと、それが地球にほんの少しでも影響《えいきょう》をおよぼすことなど絶対にありえないということでした。これらの見解《けんかい》はすべてかたくなに保持《ほじ》されました。

科学が発展したのは、まずそうした概念《がいねん》の正しさを立証《りっしょう》するためでした。あとになって、正当性のないことを示《しめ》す証拠《しょうこ》が見つかると、それらの概念を土台とするパラダイムを論破《ろんぱ》しようとして激《はげ》しい衝突《しょうとつ》が起こりました。

西洋科学は、そもそもその出発点から非常に不利《ふり》な立場にあったと考えてよいでしょう。それは、正当性という点で先験的確率《せんけんてきかくりつ》の低い世界観をもって出発したからです。この世界観には小さな矛盾点《むじゅんてん》が次々に現れたはずです。そして、それは最古の昔から、自然を観察《かんさつ》する者の眼《まなこ》には明らかだったにちがいありません。たとえば肉眼《にくがん》でも見える黒点《こくてん》に関して、ヨーロッパでは一切記録されていません。黒点とはときどき太陽の表面に現れる暗い斑点《はんてん》のことで、見落《みお》とされるはずはないのです。また、西暦《せいれき》一〇五四年に超新星《ちょうしんせい》が出現し、これが後に、かに星雲《せいうん》を形成したのですが、不思議《ふしぎ》なことに、この超新星に関する記録はヨーロッパには一片《いっぺん》も存在しません。中国の記録によりますと、この超新星は数週間にわたって金星を上回《うわまわ》る明るさで輝《かがや》いたということですから、まさかヨーロッパで見落とされることなどあろうはずがありません。

池田　そう思います。この牡牛座《おうしざ》のかに星雲《せいうん》の現象《げんしょう》に関しては中国、日本の記録があります。

斉藤国治博士の『星の古記録』（岩波書店）によると、中国の記録には「至和《しわ》元年五月己丑《つちのとうし》、客星《かくせい》＊（＝一時的に現れる星）天関《てんかん》の東南に出《い》づ。数寸《すうすん》ばかり」（『続資治通鑑《ぞくしじつがん》』巻五四）と記述《きじゅつ》されています。この記録では旧暦《きゅうれき》を用《もち》いていますが、正確な日付は、西暦《せいれき》一〇五四年七月四日にあたっています。別の資料にも「はじめ至和元年五月、晨《あした》に東方に出で天関を守る。昼もあらわれて太白《たいはく》（金星）の如《ごと》し（中略）凡《およ》そ二十三日見ゆ」（『宋会要輯稿《そうかいようしゅうこう》』）と出ています。

また、日本でも藤原定家《ふじわらのていか》＊の『明月記《めいげつき》』に、この星のことが記録されています。

さらに、北アリゾナの廃墟《はいきょ》で発見されたアメリカ先住民の壁画《へきが》に描《えが》かれているということです。弓形《ゆみがた》の三日月《みかづき》の下に大きい星が描かれている。廃墟の年代は特定できませんが、十一世紀から十二世紀にかけて使われていたことが知られているそうです。

博士　この珍《めずら》しい出来事が西洋で記録されなかったということは、キリスト教のドグマがいかに抑圧的《よくあつてき》な力《ちから》をもっていたかを示《しめ》しています。ドグマと合致《がっち》しない事実はこのように頭から無視《むし》されたのです。

最初の重要な対決となったのは、今、先生が言及《げんきゅう》されたガリレオ事件です。「宇宙は人間のためにある」という思考法《しこうほう》が暗《あん》に意味しているのは、人間の住んでいる地球が宇宙の中心でなければならない、ということです。

しかし十六世紀の半《なか》ばに、天空をめぐる惑星《わくせい》の運動が研究された結果、地球中心の思考体系《たいけい》を弁護《べんご》することがますますむずかしくなってきました。きわめて複雑《ふくざつ》な周転円《しゅうてんえん》＊が考えだされ、それによってなんとか地球中心説を支《ささ》えようとしましたが、結局その見解《けんかい》は放棄《ほうき》され、地動説《ちどうせつ》つまり太陽中心説に席を譲《ゆず》ることになったのです。

十七世紀、十八世紀を通じて、空から隕石《いんせき》が落ちてきたという数多くの報告が科学者の注意を引きました。しかし、天から岩石が降《ふ》るなどという考えは、西暦《せいれき》五〇〇年以来の〈閉《と》じた箱・地球〉というドグマに抵触《ていしょく》するものでした。ですから、そうした報告は意図的《いとてき》に否定《ひてい》されたのです。

事実、フランス科学アカデミーは当時の最も著名《ちよめい》な科学者からなる委員会を任命《にんめい》し、それらの報告を調査させました。そしてその結果、「地球外からやってくる岩石などあろうはずがない」と断言《だんげん》したのです。

ところが一八三六年に、パリの西方約六十マイルの地にあるノルマンディーのレイグル付近で、二千個以上の岩石が空から落下《らつか》するという出来事がありました。これでフランス・アカデミーもやっとその説を変えることになったのです。それも、それほど多くの目撃者《もくげきしや》がいる事件を否定《ひてい》することは不可能《ふかのう》だという、ただそれだけの理由からでした。しかし、この隕石騒動《いんせきそうどう》にもかかわらず〈閉《と》じた箱・地球〉というドグマは消滅《しようめつ》しませんでした。

今もキリスト教的発想

池田　キリスト教会が、この苦《にが》い経験によって神学から哲学を切《き》り離《はな》し、また科学を分離《ぶんり》してきたのが近代の歴史でありますが、それでもなお近代科学の創造期《そうぞうき》に重要な役割《やくわり》を果《は》たしたキリスト教思想は、現代西洋科学の重要な枠組《わくぐ》みに取り入れられているのではないでしょうか。

博士　現代の科学においては、キリスト教から入ってきたことが明らかな要素が強調されることはありません。いや、その事実が認《みと》められることすらありません。しかし、それにもかかわらず、そうした要素は今でも存続《そんぞく》しています。前にふれましたように、宇宙論者たちが執拗《しつよう》に固守《こしゅ》している見解《けんかい》の一つに、宇宙には始まり、つまり「創造《そうぞう》」があったというビッグバン説がありますが、なぜこのパラダイムが今、実際に幅《はば》をきかせているのか。その理由として、そうした考え方の先例がユダヤ・キリスト教にある、という事実を指摘《してき》しました。同様のことが地球中心説についてもいえると思います。地球中心的な姿勢《しせい》が根底《こんてい》にあるからこそ、現在、生命の地球外誕生説《たんじょうせつ》を認めることに対して抵抗《ていこう》があるのです。

池田　天地創造説、人間中心の宇宙観にもとづく自然観として「自然は人間のためにある」という思考法《しこうほう》があります。唯一《ゆいいつ》絶対の創造神によって自然は人間のためにつくられたのであり、人間が支配すべきものであるとするヘブライの自然観は、今日《こんにち》まで西洋科学文明の基底《きてい》にありつづけました。

この人間主体《しゅたい》とその対象《たいしょう》（自然）を区別するという思考法《しこうほう》は、西洋近代科学の基本構造《こうぞう》となって科学を発展させてきましたが、一方ではそれが要素還元主義《かんげんしゅぎ》につながり、また人間性喪失《そうしつ》や自然破壊《はかい》を引き起こしてきました。

博士　自然界は人間のために存在するとの思考法は、ユダヤ・キリスト教神学の欠《か》くことのできない構成《こうせい》要素です。人間は万物《ばんぶつ》の究極《きゅうきょく》であり頂点《ちょうてん》である、したがって、ほかの生物の運命を、いや地球自体の運命を好き勝手に変えることを許《ゆる》されている、というのがその考え方です。

現代人が環境《かんきょう》に注意をはらわない原因は、根深《ねぶか》い人間の独断《どくだん》にあると言われましたが、まったくそのとおりだと思います。私たちは一目瞭然《いちもくりょうぜん》の危険《きけん》に直面《ちょくめん》していいます。これを回避《かいひ》するうえで最も必要なことは、人間中心主義を捨《す》て、地球的な視《し》点《てん》から環境問題に対処《たいしょ》することです。

三　近代科学とギリシャ哲学

議論・厳正《げんせい》・論理《ろんり》を促進《そくしん》

池田　西洋科学文明が、キリスト教とギリシャ哲学を母体《ぼたい》として誕生《たんじょう》したことはいうまでもありません。むろん、遠くは古代インドの科学や中国科学も、ギリシャ思想とともにアラビア・イスラムの科学と融合《ゆうごう》しつつ、西洋近代科学へと流れ込んでいったことは歴史的事実です。しかし、やはり西洋近代科学の基盤《きばん》をなすパラダイム形成の主体は、キリスト教とギリシャ哲学であったと思われます。

キリスト教との関連についてはすでに話し合いましたが、ギリシャ思想との関連もきわめて強かったようです。

博士　そうです。宇宙に秩序《ちつじょ》と調和が存在するという信念は、いうまでもなく紀元前にさかのぼります。*ピタゴラスとその学派は、宇宙は幾何学的《きかがくてき》な秩序をもっているはずだから本質的に簡潔《かんけつ》であるにちがいない、と主張しました。これはもちろん、全能《ぜんのう》の神の栄光や威光《いこう》を守ろうとする試《こころ》みとはまったく無関係でした。

池田　またコペルニクスには、*新プラトン学派の太陽中心の考えの影響《えいきょう》が見られます。『天体の回転について』の中で、「不動という状態《じょうたい》は変化・不定《ふてい》の状態よりも一層高貴《いっそうこうき》で神聖《しんせい》と考えられる」「真中《まんなか》に太陽が静止《せいし》している。この美しい殿堂《でんどう》のなかでこの光り輝《かがや》くものを四方が照らせる場所以外の何処《どこ》に置くことができようか」（矢島祐利訳、岩波文庫）などと述べています。

博士　西洋科学は、それを発達させた社会の宗教的・文化的伝統《でんとう》に深く根ざしている、という点で私たちの意見は一致《いっち》したことになります。そして、これにはギリシャやキリスト教の伝統も含《ふく》まれることはご指摘《してき》のとおりです。

私が考えますのに、議論・厳正《げんせい》・論理《ろんり》を促進《そくしん》したのがギリシャの伝統であり、独《どく》断的《だんてき》な信念という要素をもちこんだのがキリスト教です。まことに不思議《ふしぎ》なことですが、この二つのまったく正反対といってよい態度《たいど》が互《たが》いに影響《えいきょう》し合って、現在見られるような西洋科学が誕生《たんじょう》したのです。

西洋科学をそのときそのときに支配した〈世界観〉はいずれも、いうなれば文化のスナップ写真と考えてよいでしょう。つまりそれは、宗教的見解《けんかい》とギリシャ哲学との間に交《か》わされた相互作用《そうごさよう》のさまざまな段階をとらえていたわけです。したがって世界観というのは、いうまでもなく短命《たんめい》なものです。

これに対して、何世紀にもわたって行われた科学的な測定《そくてい》には普遍性《ふへんせい》がありま す。そうした測定の最古の成功例としては、地球の大きさの算出があります。その後に算出されたものには、太陽や諸惑星《しょわくせい》までの距離《きょり》、さまざまな原子の大きさ、円《えん》周率《しゅうりつ》の数値《すうち》、各種の分子・原子・原子核《げんしかく》のエネルギー準位《じゅんい》などがあります。＊

これらの測定が西洋科学という状況《じょうきょう》のなかでなされたことはもちろんですが、しかし、どう考えても西洋科学の独自《どくじ》のものでないことは確《たし》かです。

この種《しゅ》の測定に加《くわ》えなければならないのが、蒸気《じょうき》機関から原子爆弾《ばくだん》にいたる、産業革命後《かくめいご》のさまざまな発見です。しかしこれらは、西洋科学によってなされた非常に多くの、純粋《じゅんすい》に〈事実にもとづいた〉発見のごく一部にすぎません。いずこの文化であれ——地球上の文化はおろか、たとえ地球外の文化であっても——条件さえととのえば、そうした発見はなされたはずです。

〈原子論〉にさかのぼる還元主義《かんげんしゅぎ》

池田　私も博士と同じ意見です。ところで西洋近代科学の場合、測定《そくてい》の手法《しゅほう》すなわち分析《ぶんせき》による還元主義のルーツをたどっていくと、ギリシャのデモクリトス*、エピキュロス*に代表される〈原子論〉にまでさかのぼることができます。また、近代科学が標榜《ひょうぼう》する〈定量化《ていりょうか》〉*への要請《ようせい》にしても、そのルーツはギリシャのピタゴラス学派にまでさかのぼれると思われます。

博士　還元主義が西洋科学を支配していること、その起源《きげん》がギリシャ哲学であることは、たしかにおっしゃるとおりです。東洋では、というかインドと中国では、還元主義的な考え方がそれだけの力《ちから》を得たことはありません。まったく存在しなかったはずはないでしょうけれども――。

還元主義的《かんげんしゅぎてき》な態度《たいど》はどの子どもにも見られます。つまり、ただ中身がどうなっているのか知りたくて、本能的に花びらをむしりとったり、おもちゃを壊《こわ》したりするのがそれです。そのような性質が西洋の子どもにだけあるとは思えません。インドでも中国でも日本でも、小さな子どもはみなまったく同様に振《ふ》る舞《ま》うはずです。必《かなら》ず花びらをむしりとるはずです。これは私たち自身の経験に照らしてもわかることです。

ただ、おそらく東洋の子どもの場合は、西洋の子どもに比《くら》べて少しだけ長く花全体を眺《なが》め、その美しさ（還元できない性質）をじっくり見てとったうえで、花の解剖《かいぼう》にとりかかることでしょう。多分こうした東西の差が原因となって、東洋における産業革命《かくめい》が出遅《でおく》れたのではないでしょうか。

還元主義が力《ちから》を得なかった原因としてもう一つ考えられるのは、純然《じゅんぜん》たる農村生活を送ることの満足感《まんぞくかん》が東洋全体に広がっていたということです。

東洋では、還元主義的ではなくて全体論的な考え方が有力になりました。それは、産業革命《かくめい》が遅《おそ》く始まったからです。ですからその分だけ、立ち止まって花や生き物や風景の美しさに目をやることのできる時間が多くあったわけです。俳句《はいく》をひねる時間的余裕《よゆう》があったのです。

池田　ところが現在、この還元主義《かんげんしゅぎ》、すなわち対象《たいしょう》を〈定量化《ていりょうか》〉できる〈要素〉に還元する手法《しゅほう》そのものの限界《げんかい》が指摘《してき》されるようになってきました。それとともに、全体論的・包括的《ほうかつてき》な見方《みかた》が要請《ようせい》されています。

博士　私の考えでは、一つの生命体全体の内部には、その存在が私たちの心には感知《かんち》できるけれども、いまだに〈還元〉も〈定量化〉もできない性質があることは確《たし》かです。同じことが人間性という性質についてもいえます。

還元主義的な西洋科学が世の中に与《あた》えた影響《えいきょう》は、社会に人間性の喪失《そうしつ》をもたらしたことです。人間はまるで歯車の歯か、あるいは社会という大きな機械の部品みたいに考えられています。

そして、その傾向《けいこう》はますます強まっています。これはたしかに長続きして欲《ほ》しくない状態《じょうたい》です。

還元主義的《かんげんしゅぎてき》な考え方のおかげで科学は多大の成果を収《おさ》めてきました。それを全面的に捨《す》て去《さ》るわけにはいきません。しかし、そうした考え方にはもともと限界《げんかい》もあるのだ、ということを心にとどめておくべきでしょう。

四　危機に直面する科学

池田　アメリカの巨大科学を一貫《いっかん》して指導してきたノーベル賞物理学者レオン・レーダーマンが、一九九〇年に「科学――フロンティアの終焉《しゅうえん》」という報告書を提《てい》出《しゅつ》しています。これは科学研究者の現場の逸話《いつわ》を集成したものですが、その中で彼は、「一九六八年がいわゆる黄金時代の頂点《ちょうてん》であった」と述べています。

この報告書は、アメリカの戦後科学研究体制をつくりあげたブッシュ報告書「科学――終わりなきフロンティア」に対応《たいおう》するものであり、またブッシュ政権が日本政府に要請《ようせい》してきたSSC建設への資金協力問題とも関連しているので、興味《きょうみ》をもっております。

この報告書を読みますと、現在の非常に費用のかかる科学技術を今後どのように発展させていくべきかを考えさせられます。

一九六〇年代当時は、科学に対する社会一般からの支援《しえん》が無制限《むせいげん》といってよいほどありました。現代の世界で私たちが当たり前と思っているものの大半《たいはん》は、科学の恩恵《おんけい》によるものです。それにもかかわらず世論がこのように変化し、科学に対する風当たりが強くなっているようです。

博士　おっしゃるとおり、近年、科学の発展が大きくさまたげられています。これから先も長期にわたって、こうした状態《じょうたい》がつづくというのが一般の悲観的《ひかんてき》な見方《みかた》です。しかし、私はそうは思いません。科学・技術にはこの数十年で大きなはずみがついており、これはどうにも止めようがないからです。

科学・技術の施《ほどこ》す恩恵はだれの目にも明らかであり、世界中に行きわたっております。科学は、ほんの一例を挙《あ》げるだけでも、マイクロチップやレーザーを生みだしました。そうした発明をもたらした真摯《しんし》な試《こころ》みに、引きつづき支援するだけの価《か》値《ち》があるということを、相手がだれであれ納得《なっとく》させることは、それほど困難《こんなん》なことではないでしょう。

池田　ここで問題となるのは、基礎《きそ》科学の重要性はなかなか目に見えないということです。現在のエレクトロニクス技術は、たしかに十九世紀のマクスウェル*の電《でん》磁気学《じきがく》の発見の結果ですが、日本の研究者が百年後に実を結ぶような研究に、現在、夢をもって取り組めるかというと疑問《ぎもん》です。

経済的に多少でもゆとりのあるときにこそ、基礎科学の振興《しんこう》や教育といった、重要ではあるがすぐには効果《こうか》の表れないことに投資《とうし》することが、世界の将来《しょうらい》を展望《てんぼう》するうえで欠《か》かせないことではないでしょうか。

博士　近年の科学的な発明・発見のなかで、最も価値《かち》のあるいくつかは、当初《とうしょ》の計画にはなかったものであり、まったく思いがけない成果であったことは明らかです。実用面における研究というのは、往々《おうおう》にして限《かぎ》られた価値しか有していないものです。ところが不幸なことに、まさにこの種《しゅ》の活動を最重要とみなすことが今日《こんにち》の傾向《けいこう》となっているのです。

各国の政府や民間の人々に、引きつづき基礎科学を支援《しえん》していただくためには、科学が全体として、費用の割りに効果の大きい事業であることを理解してもらわなければなりません。

池田　基礎《きそ》科学の振興《しんこう》にとって、ほかにも大きな障害《しょうがい》はありますか。

博士　最大の問題は、科学官僚《かんりょう》体制が肥大化《ひだいか》し、科学的な努力がますます非効率《ひこうりつ》的《てき》になってきたことでしょう。支出を正当化するためには、なんらかの結果を公表しなければなりません。その圧力のゆえに粗悪《そあく》な科学的成果が続出《ぞくしゅつ》しています。また研究が、官僚体制をとりやすい政府系中央研究機関で寡占的《かせんてき》に行われるようになり、中央のイデオロギーに反するような新しい考え方の芽《め》が摘《つ》みとられております。最近の大学における研究の凋落《ちょうらく》ぶりは目にあまるものがあります。

池田　あわせて、科学研究者のモラルの低下《ていか》も一部で指摘《してき》されていますね。

博士　そうです。いくつか例を挙《あ》げてみましょう。現在、アメリカの科学者ロバート・ギャロとフランス人科学者リュック・モンタニエが、どちらが先にエイズウイルスを識別《しきべつ》したか、ということで醜《みにく》い論争《ろんそう》をつづけています。一九九〇年には低*温度核融合《かくゆうごう》の着想《ちゃくそう》に関する不正行為《ふせいこうい》があり、その結果、きわめてお粗末《そまつ》な研究の行われていたことが発覚《はっかく》しました。

百五十万ドルの費用をかけて、ハッブル宇宙望遠鏡がスペースシャトルを使って打ち上げられたとき、人々の希望はふくらみました。ところが、まもなく、その鏡材を狂《くる》った測定《そくてい》器具を使って調整《ちょうせい》していたことが判明《はんめい》しました。新しい測定器と古い測定器が異《こと》なった値《あたい》を示《しめ》すことを知りながら、その原因を追究《ついきゅう》することなく、新しい狂った測定器を使っていたのです。

幸《さいわ》いにも、失敗の原因が究明《きゅうめい》されたので、一部のデータを生かすことができましたが、膨大《ぼうだい》な費用を浪費《ろうひ》したことは事実です。

こうした例は枚挙《まいきょ》にいとまがなく、それらの行為《こうい》が科学のイメージを著《いちじる》しく傷《きず》つけてきたことは明らかです。このため、科学に対する一般の人々の心証《しんしょう》がひどく汚《よご》れたものになっています。ですから、科学者がすべての面で縮小《しゅくしょう》を強《し》いられる状《じょう》況《きょう》に直面《ちょくめん》していることは、少しも不思議《ふしぎ》ではありません。

池田　それでは、具体的にはどうすべきか、博士のご意見をうかがいたいと思います。

博士　研究費がエスカレートする一方であることが問題なのです。その主な理由の一つは、巨大科学や高価な設備と法外《ほうがい》な人力を必要とする事業を、過度《かど》に重要視《じゅうようし》していることでしょう。

今こそじっくりと考察《こうさつ》しなおし、あまり経費のかからない基礎《きそ》科学の方向へ力点《りきてん》を移《うつ》し、古い学説を調《しら》べなおし、これまでに得られた膨大《ぼうだい》な量のデータを虚心《きょしん》に査《さ》定《てい》しなおすべきときがきた、と言ってさしつかえないでしょう。

私個人としては、異常に大きくなった科学界の余分な部分を取《と》り除《のぞ》くことが、ゆくゆくは有益な結果を生むだろうと思います。しかし、さしあたって、さまざまな苦難《くなん》に直面《ちょくめん》することは間違《まちが》いないでしょうから、優先順位《ゆうせんじゅんい》を考えなおさなければなりません。

大事なことは、文化的な営為《えいい》としての科学の重要性を見失《みうしな》うべきではないということでしょう。科学者が、宇宙を探査《たんさ》し、何千年にわたる私たちの偉大《いだい》な文化的遺《い》産《さん》を、今後も増《ふ》やしつづける自由をつねに享受《きょうじゅ》できるようにすべきでしょう。

池田　私たちは現在、さまざまな人類史的な課題《かだい》を背負《せお》っております。いかにして貧困《ひんこん》と疾病《しっぺい》を追放《ついほう》するか、社会的な不正《ふせい》を解決するか、教育の水準《すいじゅん》を高め、次世代の人々の美的・知的な感性を育て上げていくか、人々が幸福を感じる社会を築《きず》くか、そして、宇宙へのロマンを実現しつづけていくか――これらの課題《かだい》の解決に向けて、科学の営《いとな》みを正当に位置づけていくことが重要だと思います。

五　西洋と東洋の諸科学

高い水準《すいじゅん》にあったインド

池田　ここで、これまで地球上に登場した西洋科学以外の〈多く〉の科学――とくに東洋世界の科学――を取り上げてみたいと思います。

たとえばインドにおいて、仏教誕生《たんじょう》の時期を含《ふく》めて、イスラムの侵入《しんにゅう》にいたるまでのインド科学の発展はすばらしいものがありました。インドにおける〈0〉（ゼロ）の発見が数学に無限《むげん》の可能性《かのうせい》を開き、アラビアを通して西洋近代の自然科学を大きく発展させるカギとなったことは、よく知られております。

日本の*岡倉天心《おかくらてんしん》は『東洋の理想』の中で、「この国では絶《た》えて停止《ていし》することのなかった科学の大いなる流れが表にあらわれてきた。一体、インドは全世界に向《むか》って知的進歩の素材を運び、撒布《さんぷ》してきた国であり、これはサーンキア*哲学と原子論を生み出した仏教以前の時代以来の話であり、五世紀には数学と天文学がアーリヤバ*タにおいて花ひらき、七世紀にはブラフマグプタ*が高度に進歩した代数を用《もち》いて天文学上の計算を行ない（中略）いま考察《こうさつ》している時代においては、アサンガ*〔無著《むじやく》〕、ヴァスバンドゥ*〔世《せ》親《しん》〕を始めとして、仏教の全エネルギーが感覚と現象《げんしよう》の世界を目ざすこうした科学的研究に向けられて」（佐伯彰一訳、『東洋の理想他』所収、平凡社）等と述べております。そのほか、アーユルヴェーダ*医学、仏教医学*も高い水準《すいじゆん》をもっていました。

八世紀後半にアラビアが世界各地の科学を吸収《きゆうしゆう》し始めたとき、真《ま》っ先《さき》にインドの科学や思想に着目《ちやくもく》したのも当然のことと思われます。

博士　インド文明は、たとえばインダス川下流にあるモヘンジョ・ダロ*の遺跡《いせき》からはっきりわかるように、紀元前三〇〇〇年よりかなり以前にさかのぼります。考古学的な証拠《しようこ》から明らかなのは、高度の技術と科学が普及《ふきゆう》していたにちがいないということです。あいにく、そうした初期の文書記録は残っておりません。インドに文書が存在したという最初の直接的な証拠《しょうこ》は、紀元前六世紀よりもずっと後のものです。

インド文明は、知的な面でも哲学的な面でも高度に発達していました。それを示《しめ》す記録は紀元前六〇〇年以降のものが豊富《ほうふ》に残っています。中国の科学が大発展したのも、だいたいこの時期と一致《いっち》します。これは古代ギリシャ哲学が出現するほんの少し前にあたります。

インドの哲学者も中国の哲学者も、本質的に直覚主義者《ちょっかくしゅぎしゃ》・内省《ないせい》主義者であって、還元《かんげん》主義者・経験主義者ではありませんでした。両者とも感覚による認識《にんしき》はおおむね錯覚《さっかく》であると考え、外的世界の観察《かんさつ》をあまり重視《じゅうし》しませんでした。インドの哲学者はとくにそうでした。

*ウパニシャッド哲学では、世界の万物《ばんぶつ》はブラフマンが顕在化《けんざいか》したものであると主張しています。これはとくに抜《ぬ》きんでた全体論的な断定《だんてい》です。

しかし、そうした傾向《けいこう》にもかかわらず、インド人は実際には精緻《せいち》な〈原子論〉を展開したわけですが、それでも決して観察《かんさつ》する者と観察される物とを切《き》り離《はな》して考えることはありませんでした。この点で量子力学《りょうしりきがく》における最近の考え方、つまり観察者と観察の対象物《たいしょうぶつ》とは相互《そうご》に密接《みっせつ》な関係にあるという考え方に、なんとなく似《に》ているといえるのではないでしょうか。

池田　すでに量子論のところで話し合ったとおり、観察者とその対象物との相互関連の思考法《しこうほう》は、仏教の縁起《えんぎ》にもとづく認識論《にんしきろん》とも軌《き》を一《いつ》にしています。

博士　インド科学がとくに優《すぐ》れていた分野は数学でした。これは先ほど話されたとおりです。数学のなかでも、幾何学《きかがく》よりはむしろ算数や代数学のほうで大きな力《ちから》を発揮《はっき》しました。宇宙観もまた非常に精密《せいみつ》をきわめたものでした。このことについてもすでに話し合ったとおりです。

池田　中国でも漢民族の文化に根ざして、独自《どくじ》の科学をつくりあげております。とくに中国漢方医学《かんぽういがく》*は今日《こんにち》でも、陰陽五行説《いんようごぎょうせつ》*という、西洋近代医学とは違《ちが》った生命観に立つ医学として使用されておりますが、そのなかで、たとえば中国の脈診法《みゃくしんほう》は、イスラムからヨーロッパに影響《えいきょう》をおよぼしたといわれております。

中国の紙、印刷術、磁針《じしん》、火器などが東方からヨーロッパへと伝わっていったことは、よく知られております。

博士　西洋科学が誕生《たんじょう》するずっと以前に、インドと中国の科学がすでにかなり高度の域《いき》にまで達していた、という事実には考えさせられるものがあります。

ところが、中国には世界のどこよりもはるかに早く、精密《せいみつ》な観測《かんそく》機器があったにもかかわらず、中国人が宇宙モデルを考えだしたようすはありません。その点、たとえばギリシャ人は、恒星《こうせい》などの公転《こうてん》を示《しめ》す宇宙モデルをつくっています。

空理《くうり》空論《くうろん》で停滞《ていたい》

池田　現在のところ、医学などの一部の領域《りょういき》を除《のぞ》いて、インド科学、中国科学、イスラム科学などは、かつてみなぎっていた創造《そうぞう》のエネルギーを失《うしな》っているようにさえ思われます。これらの科学がなにゆえに停滞したのかということを探索《たんさく》することも、現代における重要な課題《かだい》であろうと思われます。

これからの人類の科学は、当然のことながら、いまや全地域をおおうにいたった西洋近代科学を無視《むし》して語ることはできません。

しかし、西洋近代科学とはまったく違《ちが》うといってよい世界観や宗教を土壌《どじょう》として咲《さ》き誇《ほこ》った東洋世界の諸科学と、その文化のなかに、人類の科学への貴重《きちょう》な遺産《いさん》を再発見し、未来へと生かすこともできると思います。

博士　私が思いますのに、東洋の諸科学が停滞《ていたい》したのは、あまりにも空理空論《くうりくうろん》に徹《てっ》しすぎたという単純《たんじゅん》な理由によるものです。東洋の科学は、事実を考慮《こうりょ》に入れることを断固《だんこ》として拒否《きょひ》し、ますます書物の権威《けんい》に頼《たよ》るようになりました。これでは大失敗に終わるのは目に見えています。

科学というのは事実を積《つ》み重《かさ》ね、それを体系化《たいけいか》することとです。ですから、事実が二次的にしかみなされないようになったら、それはもう末期症状《まっきしょうじょう》といってよいでしょう。

最盛期《さいせいき》にはインドの科学も中国の科学も、一種《いっしゅ》の全体論的・人本主義的《じんぽんしゅぎてき》な姿勢《しせい》をたもっていました。これがたしかに有益な影響《えいきょう》となって、その後の科学の質が向上したのです。これは西洋の科学者にとって良い教訓《きょうくん》になります。彼らは相変《あいか》わらず研究室で、あるいはたんに頭の中だけで、生物系や物理系を解剖《かいぼう》したり分析《ぶんせき》したりしつづけるでしょう。だが、そうしている間にも、西洋科学では〈まだ発見されたことのない〉全体像があるのだということを、つねに意識《いしき》しておくべきでしょう。

同時にもう一つ覚《おぼ》えておいてよいと思われることがあります。それは、東洋の科学はなぜ全世界に影響《えいきょう》をおよぼすことができなかったのか、ということです。その理由は先に述べたように、空理空論《くうりくうろん》を追い求める姿勢《しせい》が台頭《たいとう》し、それが事実に優先《ゆうせん》するようになったからです。西洋科学も私の見るところ、それと同じ道をたどっていいます。つまり、空理空論を追求《ついきゅう》する傾向《けいこう》がますます強まっているのです。

池田　私も博士と同じように、インドや中国の科学者たちがともすれば権威《けんい》に頼《たよ》り、古代の文献《ぶんけん》を重視《じゅうし》するあまり、事実の観察《かんさつ》からもたらされるデータを軽視《けいし》し、また無視《むし》した結果、創造性《そうぞうせい》と進歩を失《うしな》ったとの見解《けんかい》に賛成です。

そして、西洋科学における要素還元主義《かんげんしゅぎ》の限界《げんかい》が指摘《してき》されるようになった現在、東洋の全体論的思考法《しこうほう》の重要性が増《ま》していることも事実ではないでしょうか。

博士　インド人と中国人の思想を支配していた世界観は、〈上から下へ〉の世界観といってよいでしょう。概《がい》して、個々の下部構造《かぶこうぞう》のほうが容易《ようい》に触知《しょくち》できるものであるにもかかわらず、それよりもそれらの集まりである大きな上部構造のほうが重要であると考えられたのです。

すでに論じたように、こうした見方《みかた》からいくつかの世界観が生まれたわけですが、それらは現在でも受け入れうるものです。

しかし、それと同時に忘《わす》れてはならないことがあります。すなわち、この〈上から下へ〉の世界観は、ヨーロッパに起きた産業革命《かくめい》に類する発展は何ひとつもたらさなかった。その意味では大失敗であったということです。産業革命は〈下から上へ〉の世界観の直接的な結果であったと見てよいでしょう。

東洋の〈上から下へ〉の世界観には一つ有益な面があります。それは、この見方は地球の環境保全《かんきょうほぜん》をほかの何物にも優先《ゆうせん》しようとするであろうということです。また、アジアにはきわめて原始的な社会が残っておりますが、そうした社会で守られてきた人間に関する基本的価値観《かちかん》でさえも、工業化された現代西洋世界の価値観より多くの点で優《すぐ》れているのです。

池田　東洋科学の全体論的態度《たいど》は、人類を含《ふく》めた生態系《せいたいけい》、さらに地球全体をこの相互《そうご》関連においてとらえています。また人間生命も心身を包含《ほうがん》し、さらに社会や自然環境《かんきょう》との関連において思考《しこう》しますから、人間の本質的価値《かち》を失《うしな》うことはない、との博士のご意見に賛成です。

博士　もっぱら〈下から上へ〉の見方《みかた》に固執《こしつ》するのは危険《きけん》なことです。そのうち細目《さいもく》にとらわれて、より大きくより重要な問題を見失《みうしな》ってしまうからです。そして科学もやはり、ますます範囲《はんい》の狭《せま》い専門分野に細分化《さいぶんか》するようになります。

各分野は専門家をつくりだしますが、畑の違《ちが》う専門家同士では話が通じません。現代の創造的《そうぞうてき》な科学者のなかには専門家があまりにも多すぎ、科学全般にかかわっている科学者があまりいないといえるでしょう。こうした状況《じょうきょう》は、西洋科学に全体論的な見方を同化させることによって変えることができると思います。

六　中国漢方医学とインド医学

生命全体を見る東洋医学

池田　医学の分野では、現代の主流は西洋近代科学の方法論、つまりデカルトの心身二元論《にげんろん》のパラダイムを用《もち》いた西洋医学で占《し》められております。たしかにこの医学は、外科手術や伝染性疾患《でんせんせいしっかん》には優《すぐ》れた有効性《ゆうこうせい》を発揮《はっき》してきました。しかし最近では、西洋医学の限界性《げんかいせい》と副作用《ふくさよう》を指摘《してき》する声が大きくなっています。

具体的には、薬害《やくがい》と耐性菌《たいせいきん》の問題、成人病（＝生活習慣病）の増加、心身症・ノイローゼ・精神病の増加、医療倫理《いりょうりんり》の問題などです。興味深《きょうみぶか》いことに、西洋近代医学の限界性が指摘されるとともに、日本では東洋医学への関心が高まっています。

中国漢方《かんぽう》医学などもそうです。この医学も、後述《こうじゅつ》するアーユルヴェーダ医学や仏教医学とともに、西洋近代医学とは異《こと》なった生命観・疾病観《しっぺいかん》に立脚《りっきゃく》しています。中国漢方医学は長い歴史の間に変遷《へんせん》し、また日本に入ってきた漢方は、日本民族のなかで変化してきましたが、その基盤《きばん》となる生命観は西洋近代科学の方法論とはまったく異なっていました。西洋近代医学が解剖学《かいぼうがく》・病理学《びょうりがく》・細胞学《さいぼうがく》等に立脚していったのに対して、漢方医学は陰陽説《いんようせつ》・＊気《き》血説《けっせつ》・＊虚実《きょじつ》などによって、生命全体を包《ほう》括的《かってき》・システム論的に診断《しんだん》し、治療《ちりょう》していきます。

たとえば陰陽説では、全宇宙との相関《そうかん》のもとに身体も小宇宙として陰陽に分け、この二つがダイナミックに均衡《きんこう》を保《たも》っているか否《いな》かを見ていきます。気と血、虚と実も、ともに相補《そうほ》的《てき》な概念《がいねん》であります。

また陰陽説と結合するにいたった五行説《ごぎょうせつ》（＝五行の行とは「めぐり」「はたらき」の意）では、木・火・土・金・水の五大要素を万物《ばんぶつ》に配し、その相互《そうご》関連を全体的・システム的に判断《はんだん》していきます。さらに、鍼灸《しんきゅう》医学の基《もと》には〈＊経絡説《けいらくせつ》〉があります。この経絡とか経穴《けいけつ》については、多くの学者から種々《しゅじゅ》の見解《けんかい》が出されております。

このような中国漢方《かんぽう》医学の特質として、漢方医の大塚敬節博士は、㈠功利《こうり》性《せい》・実用性、㈡形式主義、㈢停滞性《ていたいせい》・尚古主義《しょうこしゅぎ》、㈣政治的性格、㈤合一性《ごういつせい》・全機性《ぜんきせい》を挙《あ》げて、漢方医学のプラス面とマイナス面をみごとに要約しておられます。（『漢方診療医典』南山堂）

たとえば、功利性・実用性という点についていえば、病人が陰《いん》であるか陽《よう》であるか、実《じつ》であるか虚《きょ》であるかを見抜《みぬ》くことこそ漢方的診察《しんさつ》の根本問題だと指摘《してき》しています。むろん陰陽説、とくに五行説《ごぎょうせつ》においては、形式主義におちいってしまって停《てい》滞《たい》した面は否定《ひてい》できないと思います。しかし、個人の人間全体――身体と心を含《ふく》めて――を、総合的に陰陽や虚実などによって診察し治療《ちりょう》していく中国漢方医学、また〈経絡説《けいらくせつ》〉による鍼灸《しんきゅう》医学も見直《みなお》されています。

博士　中国人は、二分論法《にぶんろんぽう》の一種《いっしゅ》である陰陽にもとづいた複雑《ふくざつ》な世界観を展開しました。陰陽はさまざまな形で見ることができましょう。たとえば雄《おす》と雌《めす》、エネルギーと物質、肉体と霊魂《れいこん》等々です。こうした方向に沿《そ》って発展した思考体系《しこうたいけい》はたしかに高雅《こうが》ではありましたが、自然科学に関するかぎり、それもまた失敗する運命にあったと思うのです。

中国人もインド人と同じく、経験的な事実をあまり重視《じゆうし》しませんでした。そうした事実は枝葉的《しようてき》なものにすぎず、陰陽《いんよう》の抽象論《ちゆうしようろん》を自在《じざい》に展開することによって簡単《かんたん》に片《かた》づけられたのです。

鍼療法《はりりようほう》という中国医学は、実用的で効果《こうか》がある点では申し分ありません。ある種《しゆ》の外科手術を行う場合に、鍼が麻酔用《ますいよう》として役立《やくだ》つことは西洋の外科医たちの間でも知られています。鍼療法に副作用《ふくさよう》がないことは明らかで、大手術を受けた患者《かんじや》が手術室から歩いて出ていったという例も聞いています。ところが中国では、鍼療法がなぜそのように効《き》くのかという点について、事実の裏《うら》づけを欠《か》いた一連の独断的《どくだんてき》な説明がなされているにすぎません。

健康とは調和の状態《じようたい》

池田　一方、インドにおいてはアーユルヴェーダ医学が発達しております。『チ*

ヤラカ・サンヒター』や『スシュルタ・サンヒター』は、貴重《きちょう》な文献《ぶんけん》として日本でもよく知られております。

また、釈尊《しゃくそん》の弟子《でし》であった名医・*耆婆《ぎば》が学んで仏教に取り入れたのも、アーユルヴェーダ医学でありました。

耆婆はこの古代インド医学を学び、仏教哲理《てつり》の側《がわ》から吸収《きゅうしゅう》しつつ仏教医学を成立させました。この仏教医学は経典《きょうてん》とともに、中国・日本をはじめ東洋の諸民族の病気を治療《ちりょう》してきました。

インドのH・S・シャルマ教授によれば、アーユルヴェーダ医学における健康とは、*ドリドーシャ（ヴァーユ、ピッタ、カパ）の平衡《へいこう》や身体的構成《こうせい》要素の必要な機能《きのう》が保《たも》たれていること、五感や魂《たましい》が活性状態《かつせいじょうたい》にあることなどを包括的《ほうかつてき》に挙《あ》げております。つまり心身の調和、また身体的要素間の調和に健康を求めているようであります。

仏教医学でも、*五大説《ごだいせつ》を用《もち》いて宇宙と身体との調和、また心身の調和を説《と》いております。そして医学の役割《やくわり》は、これらの各レベルでのダイナミックな調和を回復《かいふく》させることだと考えられております。

博士　私の育った国では、アーユルヴェーダ医学と西洋医学が並行《へいこう》して用《もち》いられています。私の知見《ちけん》では、後者の医師のなかにも、自分や家族のためにはあからさまにアーユルヴェーダ医学を用いている人が多くいます。

その理由は、先生の言われるように、病気の治療《ちりよう》にあたってアーユルヴェーダ医学は、人間のからだ全体の本来のあり方を尊重《そんちよう》するからです。副作用《ふくさよう》はほとんどありません。それは数千年にわたる臨床《りんしよう》実験で証明ずみです。これに対して西洋では、薬の臨床実験に五年の期間を費《つい》やすことなどめったにありません。

インドと中国の医療《いりよう》の場合はいずれも、医師はまず症状《しようじよう》（たとえばx、y、z）から、その病気――「X」と呼ぶことにします――が何かを見きわめます。それから、病気「X」には治療薬「A」が適当《てきとう》であると判断《はんだん》するのです。その治療薬としては、一般に自然の薬物《やくぶつ》を混合《こんごう》したものが用いられ、ただちに処方《しよほう》して患者《かんじや》に与《あた》えられます。〈Aの投与《とうよ》によってXは軽くなるか、または治《なお》る〉というとき、それは数千年にわたってテストされた実証的《じつしようてき》な相互《そうご》関係にもとづいているのです。

インドならびに中国の医師たちは、このような相互《そうご》関係の確立に目覚《めざ》ましい成功を収《おさ》めました。事実、西洋医学は現在、東洋的治療法《ちりょうほう》における有効《ゆうこう》な諸要素が何かを見きわめ、その有効な要素のみを分離《ぶんり》して利用しようとしています。しかし、それは決して容易《ようい》な仕事ではないと付《つ》け加《くわ》えておきます。

注目《ちゅうもく》される豊富《ほうふ》な薬剤《やくざい》

池田　中国漢方《かんぽう》において大塚博士の指摘《してき》された、功利性《こうりせい》・実用性という特質ですね。漢方では〈診断即治療《しんだんそくちりょう》〉であり、〈随証治療《ずいしょう》〉＊として行われております。これは、西洋近代医学での病名治療と対比《たいひ》される考え方です。

中国でもインドでも、長い実証的《じつしょうてき》経験を通してきわめて豊富な薬剤が開発されてきました。たとえば中国漢方医学では、薬物学《やくぶつがく》のことを〈本草学《ほんぞうがく》〉と呼んでいますが、その起源《きげん》は素朴《そぼく》な用薬法《ようやくほう》から出発して、やがて内容が多岐《たき》にわたるにつれて体系化《たいけいか》され、博物学的な色彩《しきさい》さえおびています。

博士　薬剤《やくざい》はいつでも実用に供《きょう》することができるように、インドでも中国でも、医師たちは天然の産物から得られる薬物《やくぶつ》を大量に集積《しゅうせき》しておりました。その多くが効力《こうりょく》を発揮《はっき》したようです。

紀元前二七〇〇年に神農皇帝《しんのうこうてい》が『本草《ほんぞう》』*という医書を著《あらわ》したとされています。これには天然の産物から得られる七百三十種《しゅ》の薬物が網羅《もうら》されております。チョウセンニンジンは何千年もの間、不老不死《ふろうふし》の霊薬《れいやく》として珍重《ちんちょう》されていました。中国人は、海草にはヨードが多量に含《ふく》まれているので、甲状腺腫《こうじょうせんしゅ》の治療《ちりょう》に効《き》き目《め》があることを知っていました。

池田　これまでに漢方《かんぽう》の生薬《しょうやく》の分析《ぶんせき》がすすんで、主な薬物の成分がほぼわかりかけています。

たとえば、喘息《ぜんそく》のような病気によく用《もち》いられる麻黄《まおう》*からは、元東大教授の長井長義博士によってエフェドリン*が分離《ぶんり》されております。しかし、麻黄とエフェドリンが必《かなら》ずしも同じでないところから、ほかの成分も分離されてきており、今その相互《そうご》作用《さよう》が注目《ちゅうもく》されています。

これからも、生薬《しょうやく》の総合作用《さよう》が多くの成分の相互《そうご》作用によってもたらされるという漢方薬《かんぽうやく》の特質が明らかにされていくことでしょう。

博士　同様に古代インドの薬局方《やっきょくほう》も、広範囲《こうはんい》にわたる多種多様《たしゅたよう》の薬物《やくぶつ》から成っていました。主として草木・薬草・根から取れるものです。

先ほど挙《あ》げられた『チャラカ・サンヒター』の中では、五百種の薬草について述べています。そして、これを用途《ようと》によって便通薬・緩下剤《かんげざい》・強壮剤・性欲促進剤《そくしんざい》などに分類しています。そのほかにも植物性の産物に由来《ゆらい》する医薬《いやく》が、多種多様の病気治療《ちりょう》のために調剤《ちょうざい》されました。

池田　仏教医学でも、*『律蔵《りつぞう》』の中に数多くの薬物が記載《きさい》されています。とくに*『大品《だいほん》』には詳細《しょうさい》に病気とそれに用《もち》いるべき薬が対比《たいひ》して記《しる》されており、貴重《きちょう》な文献《ぶんけん》となっています。

博士　西洋科学はようやく、そうしたインドや中国古来《こらい》の処方薬《しょほうやく》の多くに含《ふく》まれている、さまざまな有効《ゆうこう》成分の分析《ぶんせき》に関心を示《しめ》すようになりました。血圧を抑制《よくせい》する新式の薬や、もしかするとガンの治療に役立《やくだ》つと思われるある種《しゅ》の薬品が、最近、草木を原料とする東洋の処方薬《しょほうやく》から抽出《ちゅうしゅつ》されました。もっともっと多くの物が東洋の薬物《やくぶつ》から当然、得られるはずです。

池田　アーユルヴェーダの生薬《しょうやく》のなかでは、インド蛇木《じゃぼく》の成分（降圧剤）が取り出され、近代医薬品として開発されたことは有名ですね。今後も、アーユルヴェーダ薬物の化学成分の探究《たんきゅう》がつづけられていくことを期待《きたい》しています。

博士　医療《いりょう》の分野では、西洋医学の伝統《でんとう》がまだほとんど手もつけていない部分で、インドも中国もすでに長足《ちょうそく》の進歩をとげているとみることができます。しかし、どちらの国においても、身体の機能《きのう》に関する医学理論はおそまつな空理《くうり》空論《くうろん》にすぎませんでした。

インド医学も中国漢方《かんぽう》医学も、その理論構成《こうせい》には欠陥《けっかん》があります。東洋医学には分析的《ぶんせきてき》・還元主義的《かんげんしゅぎてき》な研究態度《たいど》が欠《か》けていました。そのため世界の医学の進歩に後《おく》れをとることになったのです。

古代の東洋にも、内科医のほかに外科医がいました。彼らもたしかに死体の解剖《かいぼう》を行《おこな》っていましたから、身体の基本的構造《こうぞう》について若干《じゃっかん》の知識《ちしき》はもっていたはずです。だが、身体の働き方の仕組《しく》みに関する彼らの知識《ちしき》は、原始的な域《いき》にとどまっていました。ですからたとえば、中国の医師は非常に緻密《ちみつ》な方法で診脈《しんみやく》し、それを診《しん》断《だん》の一手段としておりましたが、何が脈拍《みやくはく》を起こしているのかはまったく知らなかったのです。

しかし、インドと中国の医療《いりよう》で大いにほめるに足《た》ると思われるのは、からだ全体の健康を重視《じゆうし》していることです。病気は身体を構成《こうせい》する一部分の機能障害《きのうしようがい》と考えられ、その治癒《ちゆ》はからだ全体の回復《かいふく》にかかっているというのです。この東洋医学の一般的概念《がいねん》を西洋医学に取り入れるならば、長期的に見て西洋医学の質的向上に役立《やくだ》つことは間違《まちが》いありません。

期待《きたい》される中国の試《こころ》み

池田　私も、身体を分析《ぶんせき》していって病気の実体を求める西洋近代医学の方法論に対して、包括的《ほうかつてき》・相補的《そうほてき》に調和の回復《かいふく》をめざす東洋系の医学への関心が高まっていることは、今後の医学の方向性を考えるうえで重要な示唆《しさ》を与《あた》えるものと考えております。

そこで、博士は中国漢方《かんぽう》医学での全機《ぜんき》性《せい》、東洋医学一般でいえば、心身のダイナミックな調和という包括的《ほうかつてき》な態度《たいど》が、西洋近代医学にどのような好影響《こうえいきょう》を与えると考えておられるのでしょうか。たとえば現在、中国で行われているように、中西医学——漢方医学と西洋近代医学——の融合《ゆうごう》の試《こころ》みは、新《あら》たな医学・医療《いりょう》のあり方を創造《そうぞう》すると思われますか。

博士　東洋の医師たちは、たとえば人間のような複雑《ふくざつ》な生物には驚《おどろ》くべき自《じ》律能《りつのう》力《りょく》がそなわっていることを、はっきりと知っておりました。また身体のいかなる部分も、それが一つの独立した存在であるかのように取りあつかうことはできない、ということにも気づいていました。そうした取りあつかいをすることによって、生体全体の微妙《びみょう》な均衡《きんこう》が崩《くず》れることがよくあったからです。

西洋の科学者たちが人体の機能《きのう》における*フィードバック効果《こうか》の意味を完全に悟《さと》ったのは、比較的《ひかくてき》最近のことです。ところがじつは、すでに十九世紀に、フランスの生理学者クロード・ベルナール*が「生体の体内環境《かんきょう》では定常状態《ていじょうじょうたい》が保《たも》たれる」との一般概念《がいねん》を初めて論じているのです。

身体全体は体外環境の変化に絶《た》えず適応《てきおう》することによって安定を保とうとするという概念は、現在ではホメオスタシス*、つまり〈恒常性《こうじょうせい》〉という名称《めいしょう》で知られています。

生きているか死んでいるかは、ホメオスタシスが支障《ししょう》なく働いているか否《いな》かで決まります。ホメオスタシスの働きの良《よ》し悪《あ》しが、個人の健康状態を決定すると考えていいでしょう。こうしたことは、すべて現代医学がすでに認《みと》めていることです。しかし医療《いりょう》の現場においては、そうした全体論的な考慮《こうりょ》はほとんどはらわれていないように見えます。抗生物質が軽率《けいそつ》に処方《しょほう》されていることなどはその実例の一つです。

考えますのに、人体の諸器官が相互《そうご》に連関《れんかん》していることをもっと強く意識《いしき》することと、そしてからだ全体にわたっての健康をもっと重視《じゅうし》すること――それが西洋医学を利《り》することになるのではないでしょうか。西洋・東洋双方《そうほう》の医学の最も良い部分を結びつけるべきだと思います。

現在中国で行われているような試《こころ》みが、将来《しょうらい》はより強力で、しかも融通《ゆうずう》のきく医《い》療《りょう》方式の出現につながっていくものと確信しています。

七　二十世紀の技術の成果について

全世界的な通信網《つうしんもう》

池田　さて二十世紀は〈技術の世紀〉ともいえます。たとえば、人類が初めて大空を飛んだのも今世紀で、それは一九〇三年のことでした。人類が原子の力《ちから》を原子炉《ろ》の中の核分裂《かくぶんれつ》によって手に入れたのは一九四二年のことです。*ＤＮＡが二重螺旋《にじゅうらせん》構造《こうぞう》をしていることが発見されたのは一九五三年で、その後、遺伝子《いでんし》組《く》み換《か》えの技術が大きく進歩しました。

こうしたなかで最も人類に恩恵《おんけい》を与《あた》え、変化をもたらしたのは何でしょうか。

博士　これは非常にむずかしい問題です。むずかしい理由は単純《たんじゅん》です。今世紀の発明・発見があまりにも豊富《ほうふ》だからです。しかも、それが基礎《きそ》物理学から生物学や天文学にいたる広範囲《こうはんい》の研究分野にわたっているからです。そのなかで、私個人としては、最大の発明としてコンピューターを挙《あ》げたいと思います。

池田　あらかじめプログラムを機械に挿入《そうにゅう》して計算を自動的に行わせたのは前世紀のことだと聞いています。十九世紀の前半に、イギリスの数学者チャールズ・バ*ベッジがエイダ夫人の力《ちから》を借り、生涯《しょうがい》をかけて、さまざまな積分《せきぶん》を機械的に計算しようとしたのは有名な話です。もっとも、その当時の機械技術では複雑《ふくざつ》な微分《びぶん》方程式を解《と》くまでにはいたらなかったようです。

博士　そうです。バベッジが試験的に始めたのを皮切りに、今世紀における電子工学の発達により、コンピューターの進歩に拍車《はくしゃ》がかかりました。

実際に働くコンピューターがつくれるようになったのは、一九四八年にブラッティン、バーディーン、ショックレーらがトランジスターを発明し、その後、今日《こんにち》、マイクロチップで形成される*大規模《だいきぼ》集積回路《しゅうせきかいろ》（LSI）が発明されたからです。これらの発明によってコンピューターの分野にさまざまな革命《かくめい》が起こり、ついに一秒間に数百万の命令を実行できる全能《ぜんのう》のパソコンが出現したのです。

今やマイクロチップは数多くの日常的な要請《ようせい》に応じています。たとえば、家庭用電気器具や銀行の現金自動預《あず》け払《ばら》い機《き》（ATM）、航空機の航行用計器《こうこうようけいき》などに使われていますが、これらはほんの一例にすぎません。

また、いうまでもありませんが、さらに開発が進んだ毎秒数兆《すうちょう》の命令を実行できるスーパーコンピューターも現れました。これによって、科学者は宇宙の仕組《しく》みを計算で調《しら》べることができるようになりました。一般的にいえば、コンピューターはあらゆる職業の能率《のうりつ》を高めることに役立《やくだ》っています。二十世紀末の今日《こんにち》、コンピューター抜《ぬ》きの生活はほとんど考えられません。

池田　コンピューターは、情報通信との関連性も重要ですね。日本でも一九六〇年代半《なか》ばに金融機関でオンライン・リアルタイム・バンキング*が始まり、その速さに驚《おどろ》いたものです。今では世界のどこにいても一瞬《いっしゅん》にして信用が与《あた》えられます。〈緑の窓口〉で即座《そくざ》に列車の切符《きっぷ》が予約できるようになったときも驚きました。

電話（プッシュホン）もコンピューターと接続《せつぞく》できますから、さまざまな情報通信が可能《かのう》になるとも聞いています。

博士　コンピューターの開発を通信衛星《えいせい》の開発や光ファイバー*の開発と関連づけて考えてみますと、私たちは電子機器による全世界的な通信網《つうしんもう》をもっていることになります。それはまさに目を見張《みは》るほどの大規模《だいきぼ》なものです。

今や私たちは世界中どこにいようと、何千マイル離《はな》れていようと、お互《たが》いに会話することができます。ファクス通信やテレビの画像《がぞう》を送ることもできます。その容《よう》易《い》さに私たちはすっかり慣《な》れっこになっています。

知性輝《かがや》くネットワークの拡大

池田　こうした技術革新《かくしん》がどこまで世界を変えていくと博士はみていますか。

博士　通信の動向《どうこう》がいつかは行き着く当然の結果として、人間社会は知性をもった一つの巨大な生き物のように機能《きのう》し始めるにちがいないと思っております。

個々の人間と下等《かとう》動物を区別する最も重要な特性《とくせい》は、結局のところ、脳《のう》と神経系《しんけいけい》にあるのではないでしょうか。これによって人体の各構成部分《かくこうせいぶぶん》が相互《そうご》にすばらしく効率的《こうりつてき》な交信を行い、迅速《じんそく》に情報処理《しょり》をしているのです。それと同様に、電子技術によって相互に連絡のとれた人間社会とそうでない社会とでは、前者のほうが比較《ひかく》にならないほど効率的で強力なものになると考えてよいでしょう。

池田　そうしますと、今後、ますます各個人が対等の立場で、そのような緊密《きんみつ》で有機的《ゆうきてき》な社会に参加していけるように保証《ほしょう》していくことが、重要になってくると思われます。個人個人が必要な情報をもち、それを急激《きゅうげき》に変化する社会の中で共有《きょうゆう》できることが大事です。一人一人が大事なのです。

博士　こうしたさまざまな進展《しんてん》は、将来《しょうらい》、必《かなら》ずやいっせいに開花するにちがいありません。それもおそらく比較的近い将来のことでしょう。

これについて思い出すのは、アメリカの小説家ナサニエル・ホーソーン＊の小説『七破風《しちはふ》の屋敷《やしき》』の中の一節です。これは、前世紀、一八五一年に書かれたものですが、次のように記《しる》されています。

「電気の力《ちから》によって、物質界が、あっという瞬間《しゅんかん》に数千マイルにわたって震動《しんどう》するひとつの偉大《いだい》な神経《しんけい》となったということは、事実でしょうか(中略)いや、むしろ、このまるい地球そのものが、巨大な頭、知性に満《み》ちあふれた頭脳《ずのう》にほかなりません！」(大橋健三郎訳、『世界文学全集25』所収、筑摩書房)

池田　一八五一年といえば、まだ、電磁場《でんじば》の基本法則であるマクスウェル*の方程式が見つかる十年も前ですね。そして、ハインリッヒ・ヘルツ*が電波の存在を実証《じっしょう》し、電波を送ることによって、数千マイルにわたって電気の力《ちから》を伝え、その力で物質を振動《しんどう》させることができたのは、はるかに後のことです。このようなときに将来《しょうらい》の地球の姿を見ている作家の眼力《がんりき》には驚《おどろ》きます。

今や地球上には情報のネットワークが張りめぐらされ、まさに地球そのものが複《ふく》雑多岐《ざつたき》で高度の神経系をそなえた生き物のように活動しています。やがてきたるべき世紀には、この惑星《わくせい》から宇宙空間へと、知性に輝《かがや》くネットワークを広げていくことでしょう。

博士　私は、二十一世紀がどのようなすばらしい通信技術を提供《ていきょう》して、どのような世界が現出《げんしゅつ》するか、胸をわくわくさせて待っております。

八　科学と仏教の接点

〈生命的存在〉を現出《げんしゅつ》する地球

池田　ところで、イギリスの医学・生物学者ジェームズ・ラブロック*が提唱《ていしょう》した有名な〈ガイア仮説《かせつ》〉ですが、ラブロックは、ＮＡＳＡ（アメリカ航空宇宙局）で行われた火星の生命調査計画に参加した結果、かえって、この地球の生命にあふれた姿を見直《みなお》したといわれています。この地球の大生命圏は、生物のみならず大気や海・土壌《どじょう》のすべてが、一つの巨大なシステムを形成しているというのです。

博士　宇宙から観測《かんそく》された地球が真《ま》っ青《さお》だったことが発端《ほったん》になったとも聞いています。それを見たとき地球が人間に見えた。つまり生物も無生物も含《ふく》めて、すべての構成《こうせい》要素が互《たが》いに依存《いそん》し合っているのだ、と。

池田　ラブロック博士はこの概念《がいねん》を、ギリシャの地母神《じぼしん》ガイアにちなんで〈ガイア仮説《かせつ》〉と呼びました。

仏教では、生物学的生命のみならず山川《さんせん》草木をも包含《ほうがん》して、この地球そのものが一個の〈生命的存在〉であると説《と》いています。動物や植物や微《び》生物《せいぶつ》、また大気や海洋が相互《そうご》に関連し〈因縁生起《いんねんしょうき》〉しながら、地球全体としての生命的存在のあり方を現出《げんしゅつ》しているのです。

仏教の地球観も、ラブロックの〈ガイア仮説〉も、ともに全包括的《ぜんほうかつてき》で生態学的《せいたいがくてき》なとらえ方といえると思います。

博士　ラブロックによれば、地球大気を生みだすのは生物であって、非生物ではありません。生命の出現と進化を可能《かのう》にしたのは自然環境《かんきょう》ではなく、生物自身だと考えるわけです。実際、宇宙空間から見た地球が青いのは生物が酸素をつくったからです。生物圏には自然環境を制御《せいぎょ》する能力《のうりょく》があるのです。

たとえば、地球の気候は雲の量によって制御されています。太陽光線が強すぎれば雲が多くなり、余分な光線を地球外に反射《はんしや》させます。では、どうして雲の量が調《ちよう》整《せい》されているのか。それは海藻《かいそう》、もっと一般的にいえば、海岸近くの微《び》生物《せいぶつ》が酸素を大気中に放出《ほうしゆつ》し、それが雲をつくる氷の芯《しん》になるからです。

最近、大気上層のオゾン層の破壊《はかい》が問題になっていますが、これにも海藻が関与《かんよ》しています。海藻はヨウ素を大気中に放出し、これが工業用のクロロフルオロカーボンなどよりも大きな影響《えいきよう》をおよぼしているという人もいます。

これらの主張はもちろん、虚心坦懐《きよしんたんかい》にモデルを構築《こうちく》して詳《くわ》しく計算してみないと、本当に正しいかどうかはわかりません。地球大気の温暖化の問題にしても海が関与しており、その変化の時間的スケールは数千年になりますから、短期的な変化が最終的な結果と同じ方向を示《しめ》しているかどうかなど、疑問《ぎもん》は尽《つ》きません。

しかし、私の見るところ、ラブロックの主張の妥当性《だとうせい》を裏《うら》づける証拠《しようこ》は数多くあります。地球全体が生命的存在であるという主張は、私もラブロックとまったく同じ見解《けんかい》です。

池田　物理学の分野では、アインシュタインおよびクリシュナムルティに多大の影響《えいきょう》を受けたイギリスの物理学者であるＤ・ボーム*が、〈ホロムーブメント（全体運動）理論〉を唱《とな》えております。ボームは反正統派《はんせいとうは》の立場にありますが、それでも信用されているのは、正統派の立場から掘《ほ》り下《さ》げた量子力学《りょうしりきがく》の教科書を執筆《しっぴつ》したからで、この教科書は現在も正統派のバイブル的存在になっていると聞いております。ボームの理論もきわめて包括的《ほうかつてき》な世界観を示《しめ》しているといえましょう。ボームは、一見《いっけん》バラバラに見える部分の内奥《ないおう》に、それが密接《みっせつ》に結び合わされた〈分割不可能《ぶんかつふかのう》な全体性〉をとらえて、その〈全体〉から出発することを主張しております。

現象面《げんしょうめん》の基底《きてい》に躍動《やくどう》する〈分割不可能な全体性〉を表すために、ホロムーブメントと呼んでいますが、ここに時間・空間・物質のみならず人間の心《こころ》（意志《いし》）も、融合《ゆうごう》した状態《じょうたい》で織《お》りこまれており、そこから現象面へと顕在化《けんざいか》すると考えております。ここにも還元主義《かんげんしゅぎ》を超《こ》えて、世界の全体を包括的にとらえようとする試みがあるように思われます。

博士　これらの動向《どうこう》はすべて、現今の還元主義に対するなにがしかの不満《ふまん》の表れなのです。専門の科学者たちは、このことをはっきり認《みと》めようとはしません。それは、彼らの考え方がデカルト的世界観に、あまりにも長い間慣《な》らされてきたからです。ごく少数の科学者だけが、彼ら自身のいだいてきた従来《じゅうらい》の世界観が重大な脅威《きょうい》にさらされていると考えているのです。

仏教的世界観への推移《すいい》

池田　この人たちの世界観が、東洋の包括的《ほうかつてき》な世界観、また仏教の世界観に類似《るいじ》する状況《じょうきょう》になってきているのは、きわめて興味深《きょうみぶか》いことです。ラブロックの〈ガイア仮説《かせつ》〉と仏教の〈縁起観《えんぎかん》〉との相似性《そうじせい》については述べましたが、ボームの世界観も仏教の唯識論《ゆいしきろん》*、さらには天台《てんだい》哲学や日蓮大聖人の仏法で説《と》く九識論《くしきろん》*にまで類似してきているようにも思われます。

たとえばボームは、現象面《げんしょうめん》から観測《かんそく》できる領域《りょういき》を「明在系《めいざいけい》」と呼び、これに対して四次元時空《じげんじくう》では観測できないが、現象面の内奥《ないおう》に躍動《やくどう》する領域を「暗在系《あんざいけい》」と呼んでおります。そして「暗在系」の中に「内包《ないほう》された秩序《ちつじょ》」があると言います。

ここで気がつくことは、ボームの「明在系《めいざいけい》」に相当するのは意識《いしき》や感覚器官のレベルですが、「暗在系《あんざいけい》」としてさし示《しめ》す領域《りょういき》には阿頼耶識《あらやしき》＊が含《ふく》まれ、さらに仏教的直観《ちょっかん》が洞察《どうさつ》する宇宙究極《きゅうきょく》の当体《とうたい》をも志向《しこう》していると思われます。しかし、博士も言われたように、包括的《ほうかつてき》な世界観への試《こころ》みは、まだ一部の科学者や心理学者が試み始めたばかりのようです。

博士　デカルト的世界観から全包括的な世界観への転換《てんかん》は、前者が文明世界にほぼ浸透《しんとう》しているために、容易《ようい》なことではありません。ヨーロッパが十八、十九世紀に東洋で植民地を拡大した結果、東洋固有《こゆう》の全包括的世界観はうまく締《し》め出《だ》されてしまいました。

そして、今日《こんにち》になってようやく、東洋はその伝統的《でんとうてき》な全包括的世界観を再発見し、ふたたび主張し始めたのです。全包括的世界観への移行《いこう》は、物理学や生物学ばかりでなく社会科学、しかも政治学においてさえ必要とされています。

今日、私たちが住んでいる地球上では、個々の構成《こうせい》要素がすべて強く結合し合っています。理《り》にかなった地球観は必ず確固《かっこ》とした生態学的《せいたいがくてき》視点《してん》を含んでいなければなりません。以上のような態度《たいど》が優勢《ゆうせい》になってきているのは確《たし》かです。このような動向《どうこう》は、仏教的世界観への推移《すいい》と解釈《かいしゃく》することもできるでしょう。

仏教思想に符合《ふごう》する心理学

池田　還元主義的《かんげんしゅぎてき》アプローチによる機械論的世界観では、とうていその全体像をとらえきれない広大なる世界が、〈小宇宙〉ともいわれる人間生命の内奥《ないおう》の領域《りょういき》です。物理的宇宙として展開する〈大宇宙〉に相即《そうそく》しつつ、それをも基底《きてい》から支《ささ》えていく人間の〈心〉——その心の深層部《しんそうぶ》へと本格的な探究《たんきゅう》が始まったのは、西洋においてはやはり、フロイト*の精神分析《ぶんせき》からといってよいでしょう。
ところが、今日《こんにち》のユング*心理学では、瞑想《めいそう》や神秘的直観《しんぴてきちょっかん》を媒介《ばいかい》にして仏教に深い関心を示《しめ》すにいたっております。さらに、ユング心理学とも関連しながら発展しているトランスパーソナル心理学*では、いちだんと仏教心理学との接近《せっきん》を強め、宇宙究極《きゅうきょく》の実在《じつざい》を仏教の宗教的体験と共有《きょうゆう》する地平にまで進んでいるように思われます。

そこで私は、仏教の知見《ちけん》と現代の深層《しんそう》心理学ならびにトランスパーソナル心理学との類似性《るいじせい》を、次のような諸点に認《みと》めております。

まず深層心理学についてですが、ユングは、フロイトとの関係性から自身の心理学を位置づけるために、次のような考え方を示《しめ》しております。フロイトの発見したのは個人的無意識《むいしき》の領域《りょういき》であり、ユング自身はその根底《こんてい》に集合的無意識を発見したとしています。さらにL・ソンディ*は、両者の間に家族無意識の領域を提唱《ていしょう》しております。

私は、西洋の深層心理学の探究《たんきゅう》する領域は、すでに世親《せしん》らが体系化《たいけいか》した唯識論《ゆいしきろん》とも重《かさ》なっており、フロイトの個人的無意識は末那識*《まなしき》の領域に、ソンディの家族無意識とユングの集合的無意識は阿頼耶識《あらやしき》の領域に相当する、と考えております。

また、トランスパーソナル心理学の論客《ろんきゃく》であるケン・ウィルバー*の提示《ていじ》する「意識のスペクトル」*を見ますと、唯識論などと類似の理論を提示していることがわかります。彼もまた、デカルト的自我《じが》を超《こ》えるにあたって仏教の〈無我論〉*《むがろん》に注目《ちゅうもく》し、個人の自我《じが》を〈幻影《げんえい》〉（マーヤー）と位置づけ、そこから普遍的《ふへんてき》な〈真の自己〉へ入ろうとしているようです。すなわち、ウィルバーの示《しめ》す〈自我〉の領域《りょういき》は唯識論《ゆいしきろん》では意識《いしき》の次元《じげん》に相当し、〈実存《じつぞん》〉領域は末那識《まなしき》、〈超個《ちょうこ》〉の領域には阿頼耶識《あらやしき》が相当します。さらに彼は〈心〉という言葉で、宇宙究極《きゅうきょく》の実在《じつざい》と融合《ゆうごう》した自己すなわち〈大我《たいが》〉をさし示そうとしているように思われます。

博士　今、現代心理学のさまざまな趨勢《すうせい》が仏教思想ときわめて密接《みっせつ》に符合《ふごう》していることを指摘《してき》されました。そのような符合は重大な意義をもつと私も信じております。物質の性質に関する古代インドの理論には欠陥《けっかん》があったとしても、人間の心理に関する理論は、現代の水準《すいじゅん》から見てもほぼ完璧《かんぺき》に近いものでした。

サンスクリットは、心理学的事象《じしょう》を論じるには理想に近い言語でした。種々《しゅじゅ》の心的状態《じょうたい》を的確《てきかく》に表現するために、古代インド人は何百年にもわたって語彙《ごい》を増《ふ》やしてきたのです。その語彙のうち、先生は末那識と阿頼耶識とに言及《げんきゅう》されましたが、もちろん、ほかにも数多くあります。

池田　九識論《くしきろん》では、阿頼耶識をも包括《ほうかつ》する宇宙究極の生命を〈＊阿摩羅識《あまらしき》〉〈根本清《こんぽんしょう》浄識《じょうしき》）と呼んでおります。この究極《きゅうきょく》の大生命は、これも仏教の法理《ほうり》の一つである＊十《じっ》界論《かいろん》でいえば、仏界《ぶっかい》に相当します。十界論は、六道《ろくどう》という凡夫《ぼんぷ》の境涯《きょうがい》を超克《ちょうこく》して、二乗《にじょう》・菩薩《ぼさつ》から究極の大境涯、宇宙大の境地《きょうち》を示《しめ》す仏界への道をさし示しております。

　この十界論の視点《してん》から注目《ちゅうもく》されるのが、トランスパーソナル心理学を創設《そうせつ》したA・H・＊マズローでありましょう。彼は西洋の代表的な心理学の流れを分析《ぶんせき》して、第一の心理学をフロイトらの精神分析学、第二の心理学を＊行動主義心理学とし、ともに機械論的傾向《けいこう》があることに不満《ふまん》をもつにいたって、第三の心理学つまり人間性心理学を提唱《ていしょう》したといわれております。

　私は、第三の心理学がめざす自己実現のプロセスならびに＊超越《ちょうえつ》体験・至高《しこう》体験のなかに、仏教心理学での十界論、とくにそのなかでも四聖《しせい》すなわち声聞《しょうもん》・縁覚《えんかく》・菩薩・仏《ほとけ》の境地にいたろうとする試《こころ》みを見いだせると考えております。

マズローの言う欲求《よっきゅう》の階層《かいそう》――生理的欲求、安全の欲求、所属と愛の欲求、承認《しょうにん》の欲求、自己実現の欲求、知への欲求、美的欲求、成長の欲求などのヒエラルキー

（階層《かいそう》）――は、十界論《じっかいろん》でいう＊三悪道《さんあくどう》・＊四悪趣《しあくしゅ》から人界《にんかい》・天界《てんかい》を経《へ》て四聖《しせい》へと上昇《じょうしょう》しゆく生命変革《へんかく》、人間完成へのプロセスをめざした試《こころ》みであると思われます。また至《し》高《こう》体験の内容は、菩薩《ぼさつ》や仏《ほとけ》の境地《きょうち》の発動の一部に光を当てようとしたものであるとも考えております。

しかし、マズローも晩年《ばんねん》においては、至高体験をバネにして、個人を超《こ》えた広大《こうだい》無辺《むへん》な意識《いしき》（心）のレベルの存在を指摘《してき》し、この領域《りょういき》をトランスパーソナル（超個《ちょうこ》）と呼ぶことによって、第四の心理学すなわちトランスパーソナル心理学を誕生《たんじょう》させております。

マズローも、個的自我《じが》を超えた宇宙根源《こんげん》の大生命へと向かおうとしていたことが明らかです。この境地《きょうち》に自己実現の究極《きゅうきょく》のあり方を希求《ききゅう》していたのだと思われます。

博士　インド宗教の伝統《でんとう》は、本質的に内省的《ないせいてき》な性格をもっており、実際にはなんらかの究極的な自己の発見を目的として、自分自身の内なる心を探究《たんきゅう》している瞑想《めいそう》をつねに行《おこな》ってきました。

バラモン教の伝統《でんとう》のなかから生まれた仏教も、この点において例外ではありません。釈尊《しやくそん》は〈ユング以前〉に位置づけられるべき最も偉大《いだい》な精神分析学者《ぶんせきがくしや》であった、と私は考えます。世界についての釈尊のすべての知恵は、ひとえに超然《ちようぜん》とした内省《ないせい》の過程《かてい》を通して得られたものです。

意識《いしき》の諸相《しよそう》についての釈尊の発見は、ユングとマズローの説になるほどよく似《に》ています。しかし、二十世紀になって拾《ひろ》い集められたユングやマズローの思想は、本物を下手《へた》に模倣《もほう》したものでしかないでしょう。ユング自身は、心理学と宗教の間に緊密《きんみつ》な関係性があることを認《みと》めていました。

キリスト教は意識の発達を強調するが、無意識の〈元型《げんけい》〉*としての要素を表現するにはほかの宗教の伝統が必要である、とユングは主張しました。当然のことながら仏教は、その心理学的内容がとくに豊かであり、現代心理学の諸説が仏教思想の方向に向かっていることは、私にはなんら驚《おどろ》くべきことではありません。

私たちに使えるあらゆる手段を尽《つ》くして、心について完全な理解を得るならば、その理解は、先生がみごとに述べられた仏教の教えにほぼ近いものになるといってよいでしょう。

池田　現代の最先端《さいせんたん》をいく心理学からも仏教思想に光が当てられ、仏教の深遠《しんえん》な知見《ちけん》が人類共通のものとなることを望《のぞ》んでおります。

博士　これまでの対話で、先生が科学的な事柄《ことがら》について深い洞察力《どうさつりょく》をもっておられることが察せられます。科学とは何であるかを真に理解している人と対話しているように感じるのです。これはまことにさわやかな経験です。

注解

〈あ行〉

アーユルヴェーダ医学　古代インドのバラモン教聖典である四大ヴェーダの一つ『アタルヴァヴェーダ』を基盤《きばん》に、紀元前七、八百年の間に体系化《たいけいか》されていったインドの医学。インド哲学にもとづいた宇宙・人間観により、宇宙と人間の関係の法則性にのっとって、健康の保持《ほじ》、増進法、疾病《しっぺい》の治療《ちりょう》法《ほう》を明らかにする。また健康と道徳が密接であるとし、人間は身体と精神がととのわなければならないとして、精神的・霊的《れいてき》側面も重視した。

アーリヤバタ（四七六年―？）　インドの数学者、天文学者。円周率《えんしゅうりつ》を計算し、地球の自転について述べるなどしている。著書に『アーリヤバティーヤ』『アーリヤバタ・シッダーンタ』。

愛別離苦《あいべつりく》　八苦《はっく》の一つ。死やさまざまな状況によって親子、兄弟、夫婦など、身近な愛する者と離別《りべつ》する苦しみのこと。別れのつらさ。

アインシュタイン（一八七九年―一九五五年）　アルバート。理論物理学者。ドイツ生まれ。一九〇五年に特殊相対性理論《とくしゅそうたいせいりろん》を提出、一九一五年に一般相対性理論を完成させた。ユダヤ系ドイツ人で、ナチスに追われて三三年にアメリカに渡《わた》る。平和にも強い関心を寄せ、世界政府を提唱《ていしょう》した。光量子概念《こうりょうしがいねん》にもとづく光電効果《こうでんこうか》の解明でノーベル物理学賞を受賞。

アサンガ　四世紀ころのインドの大乗論師《だいじょうろんし》。世親《せしん》（ヴァスバンドゥ）の兄。小乗《しょうじょう》に執着《しゅうちゃく》していた世親を教化《きょうけ》して大乗に帰伏《きふく》させた。著書に『摂大乗論』など。

アポロ11号　一九六〇年七月に発表されたNASA（アメリカ航空宇宙局）の有人月探査《たんさ》計画によって、アポロ11号は六九年七月十六日に打ち上げられ、二十日、アームストロング船長が人類として初めて月面に第一歩をしるした。この探査計画で宇宙飛行を行《おこな》った飛行士は三十三人、うち十二人が月面に降《お》り立《た》った。

阿摩羅識《あまらしき》　第九識《くしき》。無垢識《むくしき》、清浄識《しょうじょうしき》と漢訳《かんやく》される。阿頼耶識《あらやしき》の迷いや汚れを捨て去った清浄な境地《きょうち》。九識心王真如《しんのうしんにょ》の都《みやこ》。「九識論」を参照。

阿頼耶識《あらやしき》　第八識。唯識説《ゆいしきせつ》のなかで最も根源《こんげん》的《てき》な識の働き。心の奥底《おうてい》に蔵《ぞう》されている識。「九識論」を参照。

アリスタルコス（前三一〇年ころ—前二三〇年ころ）　古代ギリシャの天文学者。同名の文献《ぶんけん》学者と区別するために、出身地名を付《ふ》して「サモスのアリスタルコス」とも呼ばれる。太陽中心説（地動説）を唱《とな》えた。また、太陽、月、地球の相対的な距離《きょり》や大きさを計算した。

E.T.　extra-terrestrial《エキストラ テレストリアル》（地球外生物〈宇宙人〉）の略。一九八二年、アメリカのスティーブン・スピルバーグ監督《かんとく》により制作されたSF映画により、E.T.は広く人々の興味を引いた。この映画は十歳の少年と宇宙人E.T.との愛情あふれる交流の物語で、全米で大ヒットした。

意識《いしき》のスペクトル ケン・ウィルバーの示す意識のヒエラルキー（階層《かいそう》）構造《こうぞう》。最深部《さいしんぶ》に「心のレベル」、順次《じゅんじ》、表層《ひょうそう》に向かって、「超個《ちょうこ》の帯域《たいいき》」「実存《じつぞん》のレベル」「生物社会的帯域」「自我のレベル」「哲学的帯域」「影のレベル」へと、ヒエラルキーをなすという。

一念三千 「一念」とは瞬間《しゅんかん》瞬間の生命。「三千」とは、現象世界の一切をさす。衆生《しゅじょう》の生命（一念）に現象世界の一切（三千）が欠《か》けることなく相即《そうそく》し不二《ふに》であることをいう。天台《てんだい》が法華経にもとづいて創設《そうせつ》した概《がい》念《ねん》。実践的には、自己の心を対象にして宇宙の実相《じっそう》（仏界）を観ずること。

イマジズム 写象主義《しゃしょうしゅぎ》。一九一〇年代、パウンドが中心となって英米で起こった自由詩の運動。生き生きとしたイメージによって詩を表現し、簡潔《かんけつ》な言葉の選択《せんたく》と自由詩形を特徴《とくちょう》とする。俳句の様式にも影響《えいきょう》を受けた。

〈因《いん》〉と〈縁《えん》〉 「因」は直接的原因、「縁」は助縁。「因」の顕在化《けんざいか》を助ける間接的原因・条件をさす。

インフレーション理論 ビッグバン理論を宇宙の一様性《いちようせい》など現在の宇宙の姿に合うように改良した宇宙論。当初《とうしょ》、宇宙を定常《ていじょう》にするため、アインシュタインは、アインシュタイン方程式に宇宙項と呼ばれる斥力《せきりょく》をもたせた。宇宙が膨張《ぼうちょう》していることが発見されたとき、アインシュタインは自説を一生の不覚《ふかく》と言って撤回《てっかい》したが、一九八〇年ごろ、宇宙真空のエネルギーを表す項があると宇宙が急激に膨張し、見かけ上、平坦《へいたん》になることが発見された。真空のエネルギーによって宇宙が急激に膨張し、真空のエネルギーが熱エネルギーに転化したと考えると、ビッグバン理論の問題点が解決できる。現在のところ、これに変わる一様性などの合理的な説明法が見つかっていない。

陰陽五行説《いんようごぎょうせつ》　宇宙の相反《あいはん》する二つの気である陰と陽の消長《しょうちょう》の関係にもとづく世界観と、万物の元である木、火、土、金、水（五行）にもとづく世界観、宇宙観とが合わさった、古代中国に始まった哲理《てつり》。

ヴァスバンドゥ　「世親《せしん》」の項を参照。

ウィルソン（一九三六年—）　アメリカの宇宙物理学者、電波天文学者。ペンジアスとともに宇宙マイクロ波《は》背景輻射《はいけいふくしゃ》を発見した。一九七八年、ノーベル賞を共同受賞。

ウィルソン山天文台　アメリカ・カリフォルニア州南西部の標高一七四〇メートルのウィルソン山上に、カーネギー財団によって一九〇四年に設《もう》けられた天文台。口径《こうけい》二・五メートルの反射望遠鏡を有している。

ウィルバー（一九四九年—）　アメリカのトランスパーソナル心理学のリーダーの一人。著書に『意識のスペクトル』『アートマン・プロジェクト』など。

ウォーレス（一八二三年—一九一三年）　イギリスの博物学者、進化論者。ダーウィンとは独立に自然選択《せんたく》（自然淘汰《とうた》）の考え方を提《てい》唱《しょう》。後に、人間については宗教的な力《ちから》による進化を主張した。

宇宙塵《うちゅうじん》の有機《ゆうき》理論　「宇宙塵」は宇宙空間に存在する微小《びしょう》な物質。流星《りゅうせい》は宇宙塵が地球に突入したもの。その「有機理論」とは、望遠鏡によって宇宙塵を見ると、宇宙塵は細菌《さいきん》に特有の色の光線を吸収している。この事実をもとにした、宇宙塵は凍結乾燥《とうけつかんそう》した細菌であるとの説。いたるところ胚《はい》が満《み》ちているというパンスペルミア説の一つ。進化論を否定しており、定説と真《ま》っ向《こう》から対立しているが、観測事実との整合性《せいごうせい》が注意深く検討されている。

宇宙マイクロ波《は》背景輻射《はいけいふくしゃ》　一九六五年、アメリカのペンジアスとウィルソンによって発見された、ビッグバンの名残《なごり》で、宇宙全体を一様《いちよう》に満たしていると考えられる電波。温度が絶対温度二・七度に相当することから二・七K（絶対温度を提唱したケルビンにちなみ、絶対温度をKで表す）輻射、四捨五入して三K輻射などとも呼ばれる。

ウパニシャッド哲学　「ウパニシャッド」は、古代インドの宗教的色彩《しきさい》をもった一群の哲学書。『奥義書《おうぎしょ》』と訳される。大宇宙の絶対者、本体であるブラフマン（梵《ぼん》）と、個人の実体であるアートマン（我《が》）との一体（梵我一如《いちにょ》）が人間の究極の目的であり、このことによって輪廻《りんね》を脱して解脱《げだつ》できるとする。

エヴェレット（一九三〇年―八二年）　量子力《りょうしりき》学《がく》を宇宙論に適用し、多数の宇宙が互《たが》いに無関係に存在するという、平行宇宙論を提《てい》唱《しょう》した。

依正不二《えしょうふに》 「依」とは依報《えほう》のことで、環境世界をさす。「正」とは正報《しょうほう》のことで、生命主体をいう。「報」とは、過去からの行為《こうい》の報《むく》いという意味。つまり、過去という時間を背負《せお》った存在であるということ。この依報と正報は不可分《ふかぶん》であり「不二」の関係にある。

SSC スーパーコンダクティング・スーパーコライダー（超伝導《ちょうでんどう》超大型粒子《りゅうし》加速器）。アメリカの大型粒子加速器。陽子《ようし》の加速器として計画されたが、冷戦の終了とともに、一九九三年、財政難を理由に中止された。

エディントン（一八八二年―一九四四年） イギリスの天体物理学者。恒星《こうせい》内部構造論《こうぞうろん》、恒星進化論に貢献《こうけん》。アインシュタインの一般相対性《そうたいせい》理論でいわれていた、光が重力の影《えい》響《きょう》で曲がるということを、皆既日食《かいきにっしょく》の観測によって証明したことでも知られる。

エネルギー準位《じゅんい》 原子・分子・原子《げんし》核《かく》・素粒《そりゅう》子《し》などの量子力学的《りょうしりきがくてき》な系《けい》では、系がとりうるエネルギーは離散的《りさんてき》な飛び飛びの値《あたい》をとる。その一つ一つの値は、主量子数や角運《かくうん》動量《どうりょう》量子数といった整数《せいすう》で分類できる。このような整数で整理されたエネルギー値《ち》をエネルギー準位という。

エピキュロス（前三四二〈四一〉年―前二七一〈七〇〉年） 古代ギリシャの哲学者。デモクリトスの唯物論的《ゆいぶつろんてき》原子論を引き継ぐ。過度の欲望や激情を離れた心の平安が快楽であり、幸福であるとした。

エフェドリン 喘息《ぜんそく》の薬などに用いられる。

岡倉天心《おかくらてんしん》（一八六二年―一九一三年）明治時代の美術界の指導的役割を果たす。アメリカ人教師フェノロサに師事《しじ》し、後に東京美術学校長に。校長排斥《はいせき》にあって職を辞《じ》し、新しい日本画の創造をめざして日本美術院を横山大観《たいかん》、橋本雅邦《がほう》らと設立した。

オゾン層　オゾンは酸素の同素体《どうそたい》で酸化力が強い。このオゾンの濃度が高い地上十―五十キロの層をオゾン層といい、太陽からの紫外線を吸収して動植物を守る働きをしている。

オリオン座の大星雲《だいせいうん》　オリオンの剣にあたる三つの星のところにある星雲。星の光を受けて光る散光《さんこう》星雲のなかでは最も明るい。

オンライン・リアルタイム・バンキング　遠隔地《えんかくち》を含《ふく》めて広い範囲にある端末機とコンピューターを通信回路で結び、即時的《そくじてき》に情報のやりとりをするのがオンライン・リアルタイムシステムであり、銀行業務に利用するのをオンライン・リアルタイム・バンキングという。

〈か行〉

カー（一九三二年―）アメリカの宇宙飛行士第五期生。スカイラブに八十四日間滞在《たいざい》し、地球を千二百十四周した。この間、コホーテク彗星《すいせい》などを観測。

皆既日食《かいきにっしょく》　太陽全体が月によって隠《かく》される天文現象。皆既日食のときには、太陽光球《こうきゅう》が完全に隠されるので、光球のすぐ外側の層である彩層《さいそう》からの光やコロナが見えるほか、明るい星も肉眼《にくがん》で見ることができる。

外惑星《がいわくせい》　地球より外側の火星、木星、土星、天王星《てんのうせい》、海王星《かいおうせい》を外惑星、内側の水星、金星を内惑星という。

化学元素《げんそ》　化学分析《ぶんせき》でそれ以上分解できない基本要素と考えられる物質。自然界には九十一種類存在するとされる。実験室では二〇〇九年現在、原子番号一一八の元素までつくられている。

「客星天関《かくせいてんかん》の東南に出《い》づ……」　これについて斉藤国治博士は「かに星雲《せいうん》は天関星の北西一・二度にあるのだから、方角と距離《きょり》との点で合わない。だから、はじめのころこの記事には幾分《いくぶん》の疑義《ぎぎ》が出されたけれども、いまではこれは方角の書きちがいだろうとされている」（『星の古記録』岩波書店）と述べている。

核融合《かくゆうごう》　水素など、軽い原子核《げんしかく》同士が融合反応して重い原子核になる反応のこと。膨大《ぼうだい》なエネルギーが反応によって放出される。

確率論《かくりつろん》　出来事が起こる確からしさである確率を数学的にあつかう数学の一部門。ここでは、確率統計の法則を適用する物理学の立場でいわれている。

火星探査《たんさ》計画　アメリカは一九六五年にマリナー4号を、七六年にバイキング1、2号を火星に送り、本格的な観測を開始。九七年以降、火星周回軌道《しゅうかいきどう》からの測量や、軟着陸《なんちゃくりく》させた無人探査車による調査にも成功。有人飛行に向けた技術開発が進む。

ガモフ（一九〇四年―六八年）　ロシア生まれのアメリカの物理学者、著作家。一九三四年、アメリカに亡命《ぼうめい》し、四八年、ビッグバンから宇宙が誕生したことを最初に提唱《ていしょう》した。科学の先端の知識を、一般の人にわかりやすく解説したことでも知られる。

ガリレオ（一五六四年—一六四二年）　ガリレイ。ルネサンス末期のイタリアの物理学者、天文学者。観測事実にもとづいた実験と数学化による、経験的・実証的《じつしょうてき》な近代科学の基《もと》となる方法を導入し、力学上《りきがくじょう》の諸法則などを明らかにして「近代科学の父」と称《しょう》される。自作の望遠鏡で、木星の四大衛星《えいせい》、太陽黒点《こくてん》、金星の満《み》ち欠《か》けなどを発見し、コペルニクスの地動説の正しさに対する確信を深めた。『天文対話』を出版し、教皇ウルバヌス八世の怒《いか》りにふれ、異端審問所《いたんしんもんしょ》から地動説の放棄《ほうき》を誓《ちか》わされ、幽閉《ゆうへい》された。幽閉の間に失明するが『新科学対話』を口述によって執筆している。

ガリレオ事件　「ガリレオ」の項を参照。

ガレ（一八一二年—一九一〇年）　天文学者。

還元主義《かんげんしゅぎ》　要素還元主義ともいい、現象は要素から、すなわち、全体は部分から構成されているととらえ、その部分に還元することによって、全体の十全《じゅうぜん》な把握《はあく》が可能となる、という考え方。

カント（一七二四年—一八〇四年）　イマヌエル。ドイツの哲学者。『純粋理性批判《ひはん》』『実践理性批判』『判断力批判』などを著《あらわ》して、認識が対象のたんなる模写《もしゃ》によるものではなく、主観側の構成によるものであることを主張。人間理性の能力とその限界を示すとともに、信仰、道徳、美の根拠《こんきょ》を提示《ていじ》する批判哲学の体系をつくった。また、ニュートンの影響《えいきょう》を受けて、宇宙、自然も考察《こうさつ》の対象としている。カントの哲学は、フィヒテからヘーゲルにいたる、いわゆるドイツ観念論、さらには現代哲学へと大きな影響をおよぼしている。

機械論　あらゆる現象を機械と見立てて、すべての出来事があたかも機械が動いているように見る論。唯物論的《ゆいぶつろんてき》な因果律《いんがりつ》をとる。

気血説《きけつせつ》　「気」は、先天的な生命力の基《もと》となるものであるとともに、生命活動を維持《いじ》する機能、エネルギー的なものをいう。「血」は、血液、体液の総称。治療《ちりょう》はこの「気血」の調和が保《たも》たれた状態に戻《もど》すために行う。

耆婆《ぎば》　釈尊《しゃくそん》当時の名医。仏教を信じ、釈尊の治療《ちりょう》を行《おこな》った。阿闍世王《あじゃせおう》に大臣として仕《つか》え、父王を殺し、母を殺そうとした王をさとし、釈尊に帰依《きえ》させ、王の悪瘡《あくそう》の治療に努《つと》めた。

揮《き》**発性**《はっせい》**物質**　常温・常圧で気化または液化しやすい物質。ここでは、水や有機《ゆうき》物質をさす。それらは、地球や彗星《すいせい》を構成する鉱物の中に化合物などの形で含《ふく》まれており、衝《しょう》突《とつ》の衝撃《しょうげき》で水蒸気や炭酸ガスなどとして分離、脱ガス反応を起こした。

虚実《きょじつ》　「虚」は空虚《くうきょ》で、精気《せいき》の不足の状態であり生命力の弱体化、「実」は過度な生命活動の状態。「虚」、「実」のいずれかにバランスが崩《くず》れると、健康を失う。

巨大科学　多数の研究者、技術者の動員、多額の予算によって行う大規模《だいきぼ》な科学研究。宇宙開発や原子力関連の研究がその例。ビッグサイエンス。

銀河系《ぎんがけい》　「銀河」は百万から一兆個の恒星《こうせい》の集団であり、直径は数千光年から数十万光年におよぶ。「銀河系」は、地球が属する太陽系を含《ふく》む銀河のことで、約二千億個の星を含む。

銀河団《ぎんがだん》　銀河は単独で存在しているのではなく、数百から数千個ずつ密集しており、これを銀河団という。銀河団はさらに超銀河団という集団を構成している。

近日点移動《きんじつてんいどう》　惑星《わくせい》の楕《だ》円軌道上《えんきどうじょう》で最も太陽に近い点を近日点という。水星の近日点が移動していくことは観測で知られていたが、ニュートン力学《りきがく》の計算による値《あたい》と観測値が合わず、なぜそうなるかは不明だった。それがアインシュタインの一般相対性理論《そうたいせいりろん》にもとづく重力理論によって、百年に四十三秒ほど水星の近日点が従来《じゅうらい》の計算よりもずれることがわかり、実際と一致した。

九識論《くしきろん》　眼識《げんしき》・耳識《にしき》・鼻識《びしき》・舌識《ぜつしき》・身識《しんしき》・意識の六識に第七・末那識《まなしき》、第八・阿頼耶《あらや》識《しき》、第九・阿摩羅識《あまらしき》を加えたものを九識という。「識」は、対象を認めてその異同《いどう》を知る心の作用をさす。第七・末那識は自我執《じがしゅう》着心《ちゃくしん》。第八・阿頼耶識は前七識の根底・基《き》盤《ばん》となる無意識の領域《りょういき》の心、一切の現象が生ずる根源《こんげん》となる識である。法相宗《ほっそうしゅう》ではこの八識を立て、第八識を心王《しんのう》とする。天台《てんだい》宗《しゅう》や日蓮大聖人の仏教では、第八識の奥底《おうてい》に究極的実在として第九識を立てて阿摩羅識とする。無浄無《むじょうむ》染《せん》の根本識であって、無《む》垢《く》識《しき》・清浄識《しょうじょうしき》という。

『倶舎論《くしゃろん》』 『阿毘達磨《あびだつま》倶舎論』の略。部派《ぶは》仏教の基礎《きそ》理論の指導書であり、入門書。三千大千世界の宇宙観等が説かれている。

倶胝《くてい》 古代インドの数の単位。

グラビトン 重力子《じゅうりょくし》。電荷《でんか》と電磁波《でんじは》の関係のように、質量（重さ）と重力波の関係を想定し、電磁波を量子化《りょうしか》して光子《こうし》を取り出したのと同じく、重力波を量子化したもの。

クロロフルオロカーボン 炭素とフッ素の化合物をフルオロカーボン、通称フロンという。そのうち、塩素を含《ふく》むものをクロロフルオロカーボン（CFC）という。フロンは、工業用として噴霧剤《ふんむざい》や洗浄剤などに使われたが、塩素を含むものは大気の成層圏《せいそうけん》に達してオゾン層を破壊《はかい》すると指摘されている。

形而上学《けいじじょうがく》 もともとギリシャのアリストテレスに起源《きげん》をもつ哲学の一つであり、現象を超越《ちょうえつ》した存在そのものを純粋な思惟《しい》や直観によって知ろうとする哲学。現実を無視、軽視《けいし》する非経験的、非科学的態度や考え方を非難する場合にも使われる語。ここでは後者。

経絡説《けいらくせつ》 鍼灸《しんきゅう》の診断・治療《ちりょう》の基《もと》となるもの。「経絡」は気の運行する道筋《みちすじ》であり、皮膚上にその所在を確認する。十二あって、五《ご》臓六腑《ぞうろっぷ》という体内器官と関係している。気の経絡における運行がとどこおりなく行われていない状態が病気とされ、経絡の要所にある経穴《けいけつ》（ツボ）が診断・治療点である。経絡は西洋医学的な意味での解剖学的《かいぼうがくてき》・組織学的なものではなく、電気良導系《りょうどうけい》ではないか、という説がある。

華厳経《けごんきょう》　三世紀ころ、中央アジアで成立したとされる。一切万有《ばんう》が互《たが》いに縁《えん》となって作用し合う法界無尽縁起《ほつかいむじんえんぎ》と、万法は自己の一心に由来するという唯心法界《ゆいしんほつかい》の理が説かれる。教主は、宇宙全体を包括《ほうかつ》する毘盧遮那《びるしゃな》仏《ぶつ》。

ケプラー（一五七一年―一六三〇年）　ヨハネス。ドイツの天文学者。コペルニクスの地動説を支持。師のブラーエの火星観測記録にもとづいて、「惑星《わくせい》は太陽を一つの焦点《しょうてん》として楕円軌道《だえんきどう》を描《えが》く」などの惑星の運動に関する三つの法則、いわゆる「ケプラーの法則」を発見した。

元型《げんけい》　ユングの分析《ぶんせき》心理学で使われる語。ユングによれば、集合的無意識は、それぞれの内容に即《そく》した民族や時代などの違《ちが》いを超《こ》えた「型」によって構成されている。この型を「元型」という。これには、影《かげ》、アニマ（男性の心の中にある女性面）、アニムス（女性の心の中にある男性面）やグレートマザー（太母《たいぼ》）、オールド・ワイズ・マン（老賢人《ろうけんじん》）などがある。

原始仏教　釈尊《しゃくそん》の入滅後《にゅうめつご》約百年間の、仏教教団が分裂《ぶんれつ》する以前の仏教をさす。初期仏教ともいわれる。

ケンブリッジ大学　イギリスのケンブリッジにある十三世紀に創設《そうせつ》された大学。オックスフォード大学とならんで最も権威《けんい》ある大学として指導者層を送り出している。

劫《こう》　古代インドのきわめて長い時間の単位。

行動主義心理学　ジョン・B・ワトソンや

B・F・スキナーなどによる行動主義、すなわち意識ではなく、客観的対象としての行動の予測と制御《せいぎょ》にもとづく心理学。

コーネル大学　一八六五年創立。アメリカ・ニューヨーク州にある。

ゴールド（一九二〇年—二〇〇四年）　オーストリア生まれの天文学者、物理学者。ホイル、ボンディらとともに定常《ていじょう》宇宙論を定式化した。

黒体《こくたい》スペクトル　ある温度の物質と熱的につり合いのとれた状態にある光の色。高温になるほど赤から青のほうへ光が強くなる。

九つの惑星《わくせい》　二〇〇六年八月に行われた国際天文学連合（IAU）の総会で、太陽系の惑星の定義が採択《さいたく》され、長らく惑星とされていた冥王星《めいおうせい》が、新設された準惑星に再分類されたため、惑星は八つとなった。

湖水《こすい》地方　イングランド北西部の地方。千メートルに近い山並《やまな》みがつづき、丘や谷が入り組んだ風光明媚《ふうこうめいび》な自然を形成している。ウィンダミア湖、ウァストウォーター湖など大小の湖《みずうみ》がある。

五大説《ごだいせつ》　地・水・火・風・空《くう》の「五大」にもとづく説。「五大」は五大種、五輪ともいい、一切にゆきわたり、一切を生成し、よりどころ、本源となる要素。宇宙に広く遍《へん》満《まん》するところから「大」といい、万物を生みだすので「種」という。空は空間。

古典物理学の決定論　量子論的《りょうしろんてき》物理学より前の物理学を古典物理学といい、そこでは、物体を質点ととらえ、位置と運動量の初期条件と運動法則によって、質点の運動は決定されているという決定論がとられる。

コペルニクス（一四七三年―一五四三年）　ニコラウス。ポーランドの天文学者、聖職者。地動説の提唱者《ていしょうしゃ》。当時の天文学を支配していた天動説であるプトレマイオスの天文学に疑問をいだいて、ギリシャの古文献《こぶんけん》を学んで太陽中心説を知り、観測と計算から、みずからの地動説を発展させていった。彼の地動説はキリスト教会側からの猛反発《もうはんぱつ》を受けたが、中世的宇宙観・世界観から近代的宇宙観・世界観へと人々をうながし、近世につながる思想界にも多大の影響《えいきょう》をおよぼした。主著『天球の回転について』。

コペンハーゲン解釈《かいしゃく》　実験の対象と実験装置（観測手段）の間には密接不可分な関係があるとし、波動性《はどうせい》と粒子性《りゅうしせい》、時空的記述《じくうてききじゅつ》と因《いん》果的《がてき》記述、位置と運動量のような相補性《そうほせい》を用いて現象を記述する、ボーアらの量子力《りょうしりき》学《がく》に対する確率論的《かくりつろんてき》解釈。現象的対象にのみ論議を限定し、現象の背後の実在については言及《げんきゅう》しない。デンマークのコペンハーゲンで形成された、ボーアを中心とする学派の考え方のゆえにこう呼ぶ。

〈さ行〉

サーンキア哲学　インドの六派哲学の一つ。漢訳《かんやく》で数論《すろん》。純粋精神と根本原質（物質）の二元論を主張し、精神が物質から離れることを解脱《げだつ》とした。

三悪道《さんあくどう》　「十界《じっかい》」の項を参照。

三千大千世界　仏教の世界観、宇宙観。ありとあらゆる世界の意。長阿含経《じょうあごんぎょう》、雑阿含経《ぞうあごんぎょう》、『倶舎論《くしゃろん》』等に説かれる。須弥山《しゅみせん》を中心に天空に太陽、月、惑星《わくせい》が回っている世界を一世界とし、それを千個集めたものが、一小千世界、小千世界が千個集まって中千世界、さらに、中千世界が千個集まって三千大千世界を構成する。

四悪趣《しあくしゅ》　「十界《じっかい》」の項を参照。

シェークスピア（一五六四年―一六一六年）ウィリアム。イギリスの劇作家、詩人。一五九二年、二十八歳でロンドン劇界に登場。以後約二十年間に三十七編の戯曲《ぎきょく》、二編の長詩、百五十四編のソネット集などを書いた。人間性と社会への類《たぐい》まれな洞察力《どうさつりょく》と詩的精神、大衆性、娯楽性《ごらくせい》もそなえた劇作術で、普遍的《ふへんてき》な人生模様《もよう》を舞台に描《えが》きだしている。『リチャード三世』『ハムレット』『リア王』など。

時空連続体《じくうれんぞくたい》　ニュートン物理学では、空間と時間がそれぞれ独立した存在、すなわち絶対空間、絶対時間と考えられていたのに対し、アインシュタインは相対性理論《そうたいせいりろん》によって、空間と時間とが密接に結びつき、独立的存在ではないことを明かした。それを時空連続体という。

十界《じっかい》　十種類の衆生《しゅじょう》の境界《きょうがい》のこと。十法界《じっぽうかい》ともいう。㈠地獄界《じごくかい》。地は最底を意味し、獄は拘束《こうそく》された不自由をさす。苦悩《くのう》・煩悶《はんもん》の境地《きょうち》のこと。㈡餓鬼界《がきかい》。とどまるところを知らぬ激しい欲望に身も心もとらわれている境地。財物・金銭などへの貪欲《とんよく》に支配されている状態をいう。㈢畜生界《ちくしょうかい》。本能的欲求のみに突き動かされている状態で、知恵・理性・意志などの働きはない。目先のことにとらわれたり、強者を恐《おそ》れ弱者をあなどる境地をいう。以上の三界《さんがい》を三悪道《さんあくどう》（三悪趣《さんあくしゅ》・三途《さんず》）と総称する。㈣（阿《あ》）修羅界《しゅらかい》。他人に勝《まさ》ろうとする自己中心的な自我《じが》の境地。すぐに怒《いか》りを表す状態をいう。前の三界に修羅界を合わせた四界を四悪道・四悪趣と総称する。㈤人（間）界。平静に物事を判断する生命状態。㈥天（上）界。歓喜に満《み》ちた生命状態。以上の六界を六道《ろくどう》と総称し、あとの四界に対して六凡《ろくぼん》という。通常の人間の生活は、この六道を繰り返しており、これを六道輪廻《りんね》という。㈦声聞界《しょうもんかい》。仏の声教《しょうぎょう》である四諦《したい》の理を聞いて煩悩《ぼんのう》を断《だん》尽《じん》し、悟《さと》りを得ることを志向する境地をいう。㈧縁覚界《えんかくかい》。仏の「縁起観《えんぎかん》」によって修《しゅ》行《ぎょう》し覚道《かくどう》するゆえに縁覚といい、また自然現象を縁として覚《さと》るゆえに縁覚という。㈦と㈧の二界を合わせて二乗《にじょう》という。㈨菩《ぼ》薩界《さつかい》。利他《りた》の実践によって、一切衆生を救《きゅう》済《さい》しようとする慈悲《じひ》の境地であり、同時に自行《じぎょう》に励《はげ》み悟りを得ることをめざす状態をいう。㈩仏界《ぶっかい》。完全な円満自在《えんまんじざい》の境地であり、万法に通達するとともに中道実相《ちゅうどうじっそう》を体得した尊極無上《そんごくむじょう》の状態。㈦から㈩の四界を四聖《しせい》と総称する。

此土六瑞《しどろくずい》　「此土」とは娑婆《しゃば》世界のこと。無《む》量義経《りょうぎきょう》を説き終わって釈尊《しゃくそん》が三昧《さんまい》に入ると、妙なる華《はな》の雨が降《ふ》り、大地が六種に震動し、皆歓喜して合掌《がっしょう》し、一心に釈尊を見つめる。そのとき釈尊の眉間《みけん》から光が放《はな》たれ、東方万八千の世界（他土《たど》）が照らしだされる。このときの説法《せっぽう》、入定《にゅうじょう》、雨華《うけ》、地動、衆喜、放光の六つの瑞相《ずいそう》のこと。

島宇宙《しまうちゅう》　銀河《ぎんが》系外星雲《けいがいせいうん》のこと。大宇宙に存在するようすを大洋に浮かぶ島にたとえて、このようにいう。銀河。小宇宙。

周転円《しゅうてんえん》　回転する円の円周上《えんしゅうじょう》に中心を置いて回転しながら動く、元の円より小さな円。天動説は、惑星《わくせい》がこの小円上を動くとして、複雑な惑星の運動を説明した。

シュレーディンガー（一八八七年―一九六一年）
オーストリアの理論物理学者。ド・ブロイの物質波《ぶっしつは》の考えにもとづいて波動力学《はどうりきがく》を建設した。宇宙論や生命論の分野にも考察《こうさつ》の対象を向ける。ディラックとともにノーベル物理学賞を受賞。

成住壊空《じょうじゅうえくう》　一つの世界の成劫《じょうこう》（生成期）、住劫（安定期）、壊劫（消滅期《しょうめつき》）、空劫（非存在期）の四劫のこと。長阿含経《じょうあごんぎょう》などに説かれる。

「序品《じょほん》」　法華経序品第一のこと。釈尊《しゃくそん》が無量《むりょう》義処三昧《ぎしょさんまい》に入ると、眉間《みけん》から光を放《はな》って東方万八千の土を照らす眉間白毫相《びゃくごうそう》など、此《し》土《ど》・他土《たど》の六瑞《ろくずい》が現れる。それを縁《えん》に、弥《み》勒《ろく》菩薩《ぼさつ》が代表して問いを起こし、文殊師利《もんじゅしり》菩薩が、久遠《くおん》における日月燈明仏《にちがつとうみょうぶつ》の説法化《せっぽうけ》導《どう》のときの瑞相《ずいそう》と同じである、と答える場面が描《えが》かれている。

新プラトン学派　三世紀中ごろから六世紀にいたる時期に盛んだったギリシャ最後の哲学学派。プロティノスによって始められ、プラトンの思想に新ピタゴラス学派、ストア学派、アリストテレス学派などを統合し、神秘主義的色合いをもっている。

随証治療《ずいしょうちりょう》　医書『傷寒論《しょうかんろん》』に「証《しょう》に随《したが》って之《これ》を治《じ》す」とある。「証」とは、視診《ししん》、聴診《ちょうしん》、問診《もんしん》などで得た症状であり、症《しょう》に応じて決められた漢方薬がほどこされる。

スカイラブ　アメリカのスカイ・ラボラトリー（宇宙実験室）の略。本格的宇宙ステーションの建設に向けたもの。長く宇宙に滞《たい》在《ざい》する人体への影響《えいきょう》を調べ、太陽・地球観測、各種科学実験を行うために一九七三年五月十四日に打ち上げられ、二十八日間のデータを得た。第二次は同年七月二十八日に打ち上げられ滞在五十九日、第三次は、同年十一月十六日から八十四日間の宇宙滞在を行《おこな》った。

ストア学派　キプロスのゼノンが創始《そうし》。学問を論理学、自然学、倫理学《りんりがく》に分け、倫理学を重視して厳格《げんかく》な禁欲を説き、理性に従う賢者《けんじゃ》を理想とした。

すばる　古代人の玉飾《たまかざり》が糸で統《す》べられている形になぞらえたものといわれ、「統べる星」の意。西洋名プレアデス星団。

スピッツァー二世（一九一四年―九七年）アメリカの理論天体物理学者。H・N・ラッセルのもとで研究を開始し、一九四七年よりプリンストン大学教授。プリンストン核《かく》融合《ゆうごう》研究所をつくり、合衆国の核融合研究を創始《そうし》し、ハッブル宇宙望遠鏡のアイデアを考え、それを実現した。

スペクトル　分光器《ぶんこうき》を通った光が波長順に分解され配列されたもの。各物質はそれぞれ固有のスペクトルを示す。

スペンサー（一八二〇年—一九〇三年）　イギリスの哲学者、社会学者。進化・発展の法則を社会現象から宇宙にいたるまで、統一的、総合的に適用し、現代社会学の先駆《せんく》となる社会学を打ち立てた。

スマート（一八八九年—一九七五年）　イギリスの恒星《こうせい》天文学者、天体力学者《りきがくしゃ》。ケンブリッジ大学、グラスゴー大学教授を歴任した。

星雲《せいうん》　霧《きり》の意味をもつラテン語ネプラを翻訳した言葉。天空を見たとき、恒星《こうせい》は境界《きょうかい》のはっきりした点に見えるが、そのほかに、ぼんやりと広がって見える天体もある。それらを総称して星雲という。アンドロメダ星雲のように、数千億個もの恒星の集まりである銀河《ぎんが》の場合もあり、オリオン星雲のように、そこから星が生まれ出る暗黒星雲（光を通さないために暗黒になっている）もあり、惑星状星雲《わくせいじょう》のように、太陽くらいの大きさの星の爆発した跡《あと》の場合もある。

生化学　生命現象を化学反応の面から研究する学問。

星間雲《せいかんうん》　オリオン星雲《せいうん》のように、ガスや塵《ちり》の密度《みつど》がまわりより濃《こ》く、後方の星の光を通さない天体。数千億個の星の集団である銀《ぎん》河内《がない》のあちこちに広がっているので、星間雲と呼ばれる。雲をつくる分子ガスから出る電波によって観測されることが多いので、星間分子雲と呼ばれることも多い。これらのガスや塵の集まりから星が生まれる。

星間物質《せいかん》　恒星《こうせい》と恒星の間にある希薄《きはく》なガスや固体の微粒子《びりゅうし》（宇宙塵《うちゅうじん》）。

セイロン大学　現コロンボ大学。

セーガン（一九三四年―九六年）アメリカの天文学者、著述家《ちよじゆつか》。地球外の知的生命の探《たん》査《さ》や惑星《わくせい》探査に尽力《じんりよく》。ピュリッツァー賞も受賞している。著書に『エデンの恐竜』『核の冬』『コスモス』など。

世界詩人会議　ユネスコ（国連教育科学文化機関）のNGO（非政府組織）の一つである「国際詩歌《しいか》協会連合」が中心となって開かれている国際会議。毎回、世界から数百人の詩人が参加する。第十回会議は、インドのクリシュナ・スリニバス博士らが創立した世界芸術文化アカデミーの主催《しゆさい》で一九八八年十一月、タイ・バンコクで行われた。

赤色巨星《せきしよくきよせい》　赤く明るい恒星《こうせい》。中心で核燃料《かくねんりよう》である水素を燃やし尽《つ》くし、周辺部で水素を燃やしている。中心部でエネルギー生成がないので圧力が足らなくなり、物質は中心部に集まる。その反動で外層部の半径が非常に大きくなり、表面の温度が下がって赤くなる。さそり座のアンタレスやオリオン座のベテルギウスなど。星の表面が不安定で変光《へんこう》を示す場合がある。

世親《せしん》　ヴァスバンドゥの訳。四―五世紀ころ北インドに生まれた。初め小乗教《しようじようきよう》を学び、『倶舎論《くしやろん》』三十巻など五百部の論本を著《あらわ》したが、兄の無著《むじやく》（アサンガ）の教化《きようけ》によって、後に大乗教《だいじようきよう》に帰伏《きふく》し、外道《げどう》、小乗を破《は》して五百の論本をつくり、宣揚《せんよう》した。そのために千部の論師《ろんし》といわれた。

絶対温度　熱力学的温度《ねつりきがくてき》ともいう。絶対温度の零度《れいど》は、熱運動が完全に消滅《しようめつ》、すなわち原子、分子の運動が完全に停止した状態にあたる。一八四八年、イギリスの物理学者ケルビンによって導入され、その名にちなみKで表す。摂氏《せっし》温度が水の氷点《ひょうてん》を零度とすることによって決められているのに対し、個々の物質ではなく、熱力学的法則にもとづいて定義されている。摂氏零度は二七三・一五K。

遷移《せんい》　量子力学《りょうしりきがく》では、ある定常《ていじょう》状態から他の定常状態に移ること。

禅定《ぜんじょう》　心を一所に定めて瞑想《めいそう》し、真理を観察すること。

相対性理論《そうたいせいりろん》　特殊《とくしゅ》相対性理論と一般相対性理論とからなる。特殊相対性理論は、すべての観測者に対して光速度が一定であること（光速度不変の原理）と、互《たが》いに一様《いちよう》に運動する観測者に対して、自然法則は等しい働き方をするということ、つまり、運動は相対的でどの観測者も特別、絶対の立場にないこと（相対性の原理）にもとづいて立てられた理論である。この特殊相対性理論は、質量とエネルギーが同等であることを示す。また、ニュートンが唱《とな》えた絶対的な空間という概念《がいねん》を否定し、絶対的な時間概念のかわりに、運動によって時間の進みが変わるという、相対的な時間を導入する革命的な結果が得られた。アインシュタインはさらに、等速運動する系《けい》（慣性系《かんせいけい》）において組み立てられた特殊相対性理論を広げて一般化し、加速運動を取りあつかう一般相対性理論を完成させた。一般相対性理論によると、時間と空間は一体化され、重力はその「時空《じくう》」のゆがみによって記述《きじゅつ》されることになった。物質の存在するところでは「時空」がゆがみ、したがって、物質のそばを通る光は、ゆがめられた「時空」の場を通過することにより曲がる。

相転移《そうてんい》　固体から液体、気体に変わるように、温度や圧力などの条件が変わることにより物質の相《そう》が変化すること。

素粒子《そりゅうし》　最早《もはや》それ以上の分割が不可能であると考えられている、物質の最小要素。強い相互作用をしない電子やニュートリノなどのレプトン、強い相互作用をする陽子《ようし》、中性子《ちゅうせいし》、中間子《ちゅうかんし》などのハドロン、光子《こうし》など基本的な力《ちから》を媒介《ばいかい》するボソンの三種類ある。素粒子のほとんどはハドロンに属するが、今では、ハドロンはさらにクォークと呼ばれる基本粒子から説明されるようになっている。

ソンディ（一八九三年—一九八六年）レオポルド。ハンガリー生まれ。運命分析学《ぶんせきがく》を提唱《ていしょう》し、「家族的無意識」の概念《がいねん》を提示《ていじ》。

〈た行〉

ダーウィン（一八〇九年—八二年）イギリスの博物学者。測量船ビーグル号に乗って南半球の動植物や地質の観察・調査を行い、生物進化の着想《ちゃくそう》を得て、自然選択説《せんたくせつ》の理論を『種《しゅ》の起源《きげん》』に発表した。思想界にも強く影響《えいきょう》をおよぼした。

大規模集積回路《だいきぼしゅうせきかいろ》（ＬＳＩ）トランジスター、コンデンサー、抵抗《ていこう》などからなる電子回路を数ミリ四方の中に集積して小型化したものを集積回路（ＩＣ）といい、集積回路を高密度《こうみつど》にしたものを大規模集積回路という。さらに進んだ超ＬＳＩも可能となっている。

大乗《だいじょう》　小乗《しょうじょう》に対する語。大きな乗り物、すなわち、声聞《しょうもん》、縁覚《えんかく》という自利的修行《じりてきしゅぎょう》をもっぱらとする者のための教え（小乗）に対し、すべての人々を救っていく利他《りた》の菩薩《ぼさつ》のための教えを、多くの人々を運ぶ乗り物の意味に譬《たと》えて大乗という。

ダイソン（一九二三年―）　フリーマン。アメリカの物理学者。

『大智度論《だいちどろん》』　竜樹《りゅうじゅ》の著《ちょ》と伝えられる、大品般若経《だいぼんはんにゃきょう》の注釈書。全百巻。法華経などの諸大乗経《しょだいじょうきょう》の思想を取り入れており、仏教思想を知るうえで重要。

『大品《だいほん》』　マハーヴァッガ。南方上座部《じょうざぶ》の『律蔵《りつぞう》』に含《ふく》まれる。

大マゼラン雲《うん》　われわれの銀河《ぎんが》から十七万光年の距離《きょり》にある最も近い銀河。マゼラン小星雲《しょうせいうん》とともにマゼラン星雲を構成する。見かけ上は最も明るい銀河である。南天にあるため、日本からは見えない。

他土六瑞《たどろくずい》　白毫《びゃくごう》の光明《こうみょう》で東方万八千の国土（他土）が照らされ、そこにも衆生《しゅじょう》や諸仏《しょぶつ》がおり、経法《きょうほう》を聞き、修行《しゅぎょう》し、得道《とくどう》する姿を見る。また、種々の菩薩《ぼさつ》がその道を行じ、諸仏の涅槃《ねはん》の姿や七宝《しっぽう》の塔が立つのを見る。仏の化導《けどう》の甚深《じんじん》であることを示したもの。見六趣《けんろくしゅ》（六道《ろくどう》）、見六諸仏、聞諸仏説法《もんしょぶっせつぼう》、見四衆得道《けんししゅとくどう》、見菩薩諸行、見仏涅槃の六瑞。

『チャラカ・サンヒター』や『スシュルタ・サンヒター』　インド医学の二大医学書。『チャラカ・サンヒター』は内科全集で、二世紀ころの内科医チャラカの手になるものとされ、健康法や、医学に必要として、倫理《りんり》学《がく》や哲学も記されている。その少し後、外科のスシュルタによるものとされるのが『スシュルタ・サンヒター』である。

中国漢方《かんぽう》医学　中国で発達した医学は、すでに殷代《いんだい》にその形をととのえ始めたといわれるほど古いが、鍼《はり》・灸《きゅう》・薬（湯液《とうえき》）・導引《どういん》（按摩《あんま》）などを統合しながら、十四世紀後半にはその基礎《きそ》ができあがったとされている。長年にわたる臨床的《りんしょうてき》な経験が重視されており、その経験を支える理論として、気《き》血《けつ》、陰陽五行説《いんようごぎょうせつ》、虚実《きょじつ》思想がある。なお、中国伝来の医学をわが国で使うときに漢方医学というが、中国医学そのものをさす場合もある。

超越《ちょうえつ》体験・至高《しこう》体験　「自己実現」に導《みちび》く可能性のある体験として、マズローの注目したのが「超越体験」「至高体験」である。じつはだれでも、程度の差はあるが、経験しているという。愛情経験、恍惚《こうこつ》、絶頂感、自己創造性、美的体験、洞察《どうさつ》体験、また、神秘体験、宇宙意識までを包括的《ほうかつてき》にとらえるための概念《がいねん》。

超銀河団《ちょうぎんがだん》　「銀河団」の項を参照。

超新星《ちょうしんせい》　恒星《こうせい》の進化の最後に起こる大爆発で急激に明るくなり、しだいに暗くなっていく星。金や鉛《なまり》やウランなど、鉄よりも原子番号の大きな元素は超新星爆発時に形成される。

DNA　デオキシリボ核酸《かくさん》。遺《い》伝子《でんし》の本体であり、四種の塩基《えんき》（水に溶《と》けたときに水酸化物イオンの濃度を上げる物質。DNAの塩基は窒素《ちっそ》を含《ふく》む有機《ゆうき》化合物）と糖《とう》であるデオキシリボース、リン酸よりなる。遺伝情報は塩基の並び方によって決まる。アメリカの分子生物学者J・D・ワトソンとイギリスの分子生物学者F・H・クリックはDNAの二重螺旋《にじゅうらせん》構造《こうぞう》を発見し、ノーベル生理学・医学賞を受賞。

低温度核融合《かくゆうごう》　核融合は超高温で起こることが常識だったが、一九八九年三月、アメリカ・ユタ大学のスタンレー・ポンズ教授と、共同研究者のイギリス・サウサンプトン大学のマーチン・フライシュマン教授は、常温で核融合に成功したと発表した。重水とプラチナの陽極《ようきょく》、パラジウムの陰極《いんきょく》による電気分解を行《おこな》ったところ、常温で核融合が起き、大量の熱の発生を観測したという。その後まもなく、アメリカ・ブリガムヤング大学のスチーブン・E・ジョーンズ教授も同核融合について独自の報告をし、世界的に多くの科学者が確認に取り組んだが、確実な結論は出ていない。

定常《ていじょう》宇宙論　大局的にみれば、無限の時間の中で、宇宙の状態は変わらないとする宇宙論。宇宙の膨張《ぼうちょう》によって密《みつ》度が希《き》薄《はく》になった分だけ、物質が新しく生み出されてくる、として、宇宙が膨張しているという観測的事実と整合性《せいごうせい》をもたせた。

ディラック（一九〇二年―八四年）イギリスの理論物理学者。電子の反粒子《はんりゅうし》（陽電子《ようでんし》）の存在を理論的に予言するなど、量子電磁《りょうしでんじ》気学《きがく》の発展に貢献《こうけん》した。ノーベル物理学賞を受賞。

定量化《ていりょうか》　対象物の位置や質量といった物理量など、量を数値的に定めること。

デカルト（一五九六年―一六五〇年）ルネ。フランスの哲学者、数学者。一切を方法的に疑《うたが》って、唯一《ゆいいつ》疑えない哲学的真理として「我《われ》思う。故《ゆえ》に我あり」にいたり、思惟《しい》する「我」を根本原理とした。「近代哲学の父」と呼ばれる。解析幾何《かいせききか》学《がく》を創始《そうし》。

デモクリトス（前四六〇年ころ―前三七〇年ころ）古代ギリシャの哲学者。師レウキッポスの原子論に学び完成させた唯物論者《ゆいぶつろんしゃ》。万物の単位は不生《ふしょう》・不滅《ふめつ》・分割不可能な無数の原子（アトム）であるとし、〈空虚《くうきょ》〉の中を運動している原子の集合、分離によって万物の生成・変化・消滅《しょうめつ》を説明した。原子論は、後のエピキュロス、さらには近代物理学の発展に大きな影響《えいきょう》を与えた。

『天界の一般自然史と理論』　カントがニュートン物理学をもとに論じた宇宙論。一七五五年に発表。カント・ラプラスの星雲説《せいうんせつ》、太陽系の各惑星《かくわくせい》の生命体などについて考察《こうさつ》している。

伝教大師《でんぎょうだいし》（七六七年―八二二年）日本の天台《てんだい》宗《しゅう》の開祖《かいそ》。最澄《さいちょう》のこと。比叡山《ひえいざん》にあって一《いっ》切衆生《さいしゅじょう》の成仏《じょうぶつ》を説く法華一乗《ほっけいちじょう》の思想を宣揚《せんよう》し、諸宗を破折《はしゃく》した。

電子顕微鏡《けんびきょう》　光学顕微鏡が可視《かし》光線を使って

対象の試料《しりょう》を見るのに対し、電子線を使い、電界《でんかい》や磁界《じかい》に光学レンズに相当する働きをさせる顕微鏡。試料の表面上に電子光線を走査《そうさ》させて観測する方式が走査型、電子線に試料を透過《とうか》させるものが透過型である。光学顕微鏡の倍率は二千倍ぐらいが限度だが、電子顕微鏡は通常、数万倍といった倍率が得られる。

電磁放射《でんじほうしゃ》　真空中または物質中で電磁波が伝《でん》搬《ぱん》する現象。時間的に電荷《でんか》や電流が変化すると、電場《でんば》と磁場（電磁場）が相互に起こり、波（電磁波）となって伝わる。または電磁波そのものをいう。

天台大師《てんだいだいし》（五三八年—九七年）　中国の陳《ちん》・隋《ずい》時代の僧。智顗《ちぎ》のこと。天台宗の開祖《かいそ》（第三祖とも）。五時八教の教判《きょうはん》を立て、『法華《ほっけ》玄義《げんぎ》』『法華文句《もんぐ》』『摩訶止観《まかしかん》』の天台の三大部を講述《こうじゅつ》した。中国仏教形成の第一人者とされる。

電波望遠鏡　宇宙からの電波を受信し観測するアンテナ。

同位元素《どういげんそ》　同位体。原子核《げんしかく》の中の陽子《ようし》の数が同じだが中性子《ちゅうせいし》の数が異《こと》なる、すなわち、原子番号は同じだが質量の異なる元素。化学的な性質はほとんど変わらない。

戸田城聖第二代会長（一九〇〇年—五八年）　創価学会第二代会長。石川県出身。牧口常三郎初代会長とともに一九三〇年、創価教育学会を創設《そうせつ》。第二次世界大戦後、創価学会と名称を改《あらた》め、五一年に会長に就任、今日の大発展の基盤《きばん》を築《きず》いた。

突然変異《とつぜんへんい》　遺伝子《いでんし》に変化が生じ、その変化した状態が子孫に受け継がれていくこと。

ド・ブロイ（一八九二年—一九八七年）　フランスの理論物理学者。物質波《ぶっしつは》の概念《がいねん》を提唱《ていしょう》。物質の粒子性《りゅうしせい》と波動性《はどうせい》の二重性を明らかにすることで、波動力学《りきがく》の基礎《きそ》を築《きず》いた。ノーベル物理学賞を受賞。

朝永《ともなが》振一郎（一九〇六年—七九年）　理論物理学者。超多《ちょうた》時間理論、繰り込み理論を発表。ノーベル物理学賞を受賞。日本学術会議会長として、基礎《きそ》科学の研究環境の向上にも寄与《きよ》。

トランジスター　ゲルマニウムなどの半導体《はんどうたい》を用いた、電気信号エネルギーを増幅《ぞうふく》する電子部品。それまでの三極真空管《さんきょくしんくうかん》に取って代わった。発明者であるアメリカのベル研究所の三人はノーベル物理学賞を受賞。

トランスパーソナル心理学　超個《ちょうこ》心理学。個人を超《こ》えた深層《しんそう》心理の領域《りょういき》に着目した心理学。

ドリドーシャ　アーユルヴェーダ理論の中心をなす、ヴァーユ（タ）、ピッタ、カパの三つである。ヴァーユは生きるすべての活力を支配するもので冷性、ピッタは火・炎・暖かさなどの火に関するもので熱性、カパは水から派生《はせい》するものをさし、重性。この身体内の三つのドーシャのバランスがとれていることが健康だとする。病気とは、三つのドーシャの一つ、または二つ以上が増大、あるいは減少し、不均衡《ふきんこう》状態となることである。

トリトン　海王星《かいおうせい》の最も大きな衛星《えいせい》。直径は約二千七百キロで、太陽系の衛星では七番目の大きさ。一八四六年に発見された。

トリニティ・カレッジ　一五四六年に創立された、ケンブリッジ大学最大のカレッジ。ニュートン、サッカレーらを輩出《はいしゅつ》。一九七七年から女性にも門戸《もんこ》が開かれた。

〈な行〉

ナーリカー（一九三八年―）　六〇年代にホイルと共同研究をしたインドの天体物理学者、宇宙論者で、ラジブ・ガンジー首相の科学顧問《こもん》を務《つと》めた。

内惑星《ないわくせい》　「外《がい》惑星」の項を参照。

長井長義（一八四五年―一九二九年）　薬学者。

ニュートン（一六四二年―一七二七年）　アイザック。イギリスの物理学者、数学者、天文学者。光のスペクトル分析《ぶんせき》、万有引力《ばんゆういんりょく》、微《び》積分《せきぶん》の三大発見など、近代科学の建設に巨大な足跡《そくせき》を残した。一七〇三年、王立協会会長に選出されるなど要職を歴任。著書に『プリンキピア』『光学』など。

「如来寿量品《にょらいじゅりょうほん》」　法華経如来寿量品第十六。釈《しゃく》尊《そん》が久遠《くおん》の本仏であることを明かしている。法華経二十八品のうち最も重要な品とされる。

人間原理　物理的な宇宙の起源《きげん》と構造や進化を、知性をもった人間の存在に結びつける説。宇宙年齢や種々の物理的条件が今あるような値《あたい》をとっているのは、人間を存在させるための必然的なものである、という。

仁王経《にんのうきょう》　中国・後秦の鳩摩羅什《くまらじゅう》と唐《とう》の不空《ふくう》の二訳がある。災難《さいなん》を免《まぬか》れるための方途《ほうと》を説いている。二巻。法華経、金光明経《こんこうみようきよう》とともに護国《ごこく》三部経と称される。

ネオ・ダーウィニズム　新ダーウィニズム。ダーウィンの、生じた変異《へんい》が遺伝《いでん》するという説を否定し、進化をもっぱら自然選択《せんたく》によるものと考えるワイスマンの学説をいうが、ここでは現代遺伝学など生物学のあらゆる成果をもとに展開される進化の総合学説のこと。

〈は行〉

バービッジ（一九二五年―）　夫人とともにイギリスの天体物理学者。アメリカで元素《げんそ》合成、クエーサー、銀河《ぎんが》について研究。

バイキング　火星の生命検出《けんしゆつ》のためアメリカが打ち上げた無人火星探査機《たんさき》1号、2号。1号は一九七六年七月、火星面に軟着陸《なんちやくりく》して火星表面の状況を調査し、微生物《びせいぶつ》や有機《ゆうき》物《ぶつ》が存在しているかどうか調べた。2号も同年九月に着陸、同様の実験を行《おこな》った。

ハイゼンベルク（一九〇一年―七六年）　ドイツの理論物理学者。マトリックス力学《りきがく》や不《ふ》確定性原理《かくていせいげんり》を提示《ていじ》。量子力学の基礎《きそ》を築《きず》いた。ノーベル物理学賞を受賞。

パウエル英詩賞　ケンブリッジ大学のトリニティ・カレッジが三年に一度、独創的《どくそうてき》な英語の詩に対して授与《じゆよ》する賞。

パウンド（一八八五年―一九七二年）　アメリカの詩人。ヨーロッパに渡《わた》り、自由詩を主唱《しゆしよう》して、以後の現代詩人たちに多大な影響《えいきよう》を与えるイマジズムを起こした。語学的才能にも恵まれ、古代詩への深い造詣《ぞうけい》とともに、漢詩や日本の能《のう》を訳して紹介するなど、東洋への大きな関心ももった。

白色矮星《はくしょくわいせい》　核燃料《かくねんりょう》をすべて使い果たし、量子力学《りょうしりきがく》の原理にもとづく圧力で重力を支えている、きわめて密度《みつど》が大きく、したがって半径の小さな星。ノーベル物理学賞を受賞したチャンドラセカールによって、量子力学形成期に、その存在が予言された。

芭蕉《ばしょう》（一六四四年―九四年）　松尾芭蕉。江戸前期の俳人。伊賀・上野に生まれ、江戸で活躍。俳諧《はいかい》を文芸に高めた。各地を旅して名句を残す。主な紀行、日記に『野ざらし紀行』『笈《おい》の小文《こぶみ》』『奥の細道』『嵯峨《さが》日記』などがある。

ハクスリー（一八二五年―九五年）　イギリスの動物学者。ダーウィンの友人で、その進化論を支持し、普及《ふきゅう》に努《つと》めた。

ハッブル（一八八九年―一九五三年）　エドウィン。アメリカの天文学者。銀河系《ぎんがけい》（太陽系を含《ふく》むわれわれの銀河）外の星雲《せいうん》を研究し、それらがわれわれの銀河と同じような銀河であることを示した。銀河の距離《きょり》と遠ざかる速さの関係を調べて、遠方の銀河の後退《こうたい》速度が、銀河までの距離に比例するという「ハッブルの法則」を発見、宇宙膨張論《ぼうちょうろん》を証拠立《しょうこだ》てた。

ハッブル宇宙望遠鏡　一九九〇年、アメリカがスペースシャトルを使って、地上約六百キロメートルの高さの衛星軌道《えいせいきどう》に打ち上げた口径《こうけい》二・四メートルの反射望遠鏡。地球大気の影響《えいきょう》を受けないので、天体を高解度で観測し、貴重《きちょう》な映像を地上に送りつづけている。当初、主鏡に欠陥《けっかん》があり、ピンボケの映像しか送れなかったが、九三年、スペースシャトルを使って宇宙空間での修理に成功した。

バベッジ（一七九二年―一八七一年）計算機械の原理を研究し発見。機械を完成させることはできなかったが、現代のコンピューターにつながる功績《こうせき》、と評価されている。

反物質《はんぶっしつ》　核子《かくし》（陽子《ようし》、中性子《ちゅうせいし》）や電子という粒子《りゅうし》によってつくられている通常の物質に対し、反核子や陽電子からつくられている物質。電子と陽電子のような一個の粒子と一個の反粒子が衝突《しょうとつ》すると、両粒子とも消滅《しょうめつ》し、両粒子の質量に対応したエネルギーをもつ光の粒子になる。現在の宇宙には、平均して、十億個の光粒子に対して約一個の物質粒子がある。粒子と反粒子は対《つい》になって生成するので、物質に対する反物質の存在が想定されるが、反物質は観測されていない。

光ファイバー　光を通信手段に利用するための、光を通すガラス繊維《せんい》。光の衰《おとろ》えが少なく、遠くへの大量情報伝達が可能。

ピタゴラス　前六世紀ころのギリシャの哲学者、数学者、宗教家。当時盛んだったオルフェウス教の影響《えいきょう》を受けた教団を創立。不《ふ》滅《めつ》であるが罪《つみ》を負《お》って輪廻《りんね》する魂《たましい》を救うために、戒律《かいりつ》を守った調和のとれた禁欲的な生活を重視した。そのような生活は、調和的な宇宙観にも結びつき、すべては数より成り立ち、あらゆる事柄は数の関係にもとづく秩序《ちつじょ》をもっている、という世界観が展開された。

ビッグクランチ　宇宙が収縮《しゅうしゅく》に向かい、一点になる最終結末。

ビッグバン説　宇宙は限りなく小さな状態から、超高温・超密度《ちょうみつど》の火の玉の大爆発で始まり、膨張《ぼうちょう》しつづけているとする宇宙起源《きげん》説《せつ》。

ヒトラー（一八八九年―一九四五年）　ドイツの政治家。ナチス党首から首相、総統《そうとう》となって独裁権《どくさいけん》を得て、第二次世界大戦を引き起こした。

ファウラー（一九一一年―九五年）　アメリカの天体物理学者。原子《げんし》核反応《かくはんのう》の立場から星の進化の過程で起きる現象を研究し、チャンドラセカールとノーベル物理学賞を共同受賞した。

フィードバック　結果となっている状態を、原因となった状態に反映させて、好ましい状況を生みだすこと。生体内についていう場合は、全体の恒常性《こうじょうせい》、バランスを保つための自己調整の仕組みをいう。

フィグトリー頁岩《けつがん》　頁岩は、堆積岩《たいせきがん》の一種。泥《どろ》が固まったもので、板状に薄くはがれる。南アフリカのフィグトリー頁岩から、三十億年前の桿状《かんじょう》バクテリア様物体が発見された。

不確定性原理《ふかくていせいげんり》　粒子《りゅうし》の位置と運動量などのように、極微《ごくび》な世界では二つの物理量を同時に正確に決定することはできないという、量子力学《りょうしりきがく》の原理。

藤原定家《ふじわらのていか》（一一六二年―一二四一年）　平安末

期・鎌倉初期の歌人。『新古今《しんこきん》和歌集』の撰者《せんじゃ》として活躍、新古今調の代表として知られる。『明月記《めいげつき》』は、十九歳から死の直前までの漢文体の日記。

仏教医学　アーユルヴェーダ医学を摂取《せっしゅ》して成立した医学。耆婆《ぎば》は釈尊《しゃくそん》の弟子《でし》であり、アーユルヴェーダ医学を学んだ名医であった。とくに外科に優《すぐ》れていた。各種の仏典（とくに『律蔵《りつぞう》』）に、診断法、治療法《ちりょうほう》の具体例が記されている。

物質波《ぶっしつは》　電子などの粒子《りゅうし》のもつ波動《はどう》の性質をいう。ド・ブロイによって導入《どうにゅう》された概《がい》念《ねん》。電子線を結晶《けっしょう》に当てたところ、波に特有の回折《かいせつ》、干渉《かんしょう》の現象が見られ、電子（物質粒子）にも波動性があることが実証《じっしょう》された。その後、原子や分子にも物質波があることが明らかになっている。

ブッシュ報告書　ルーズベルト合衆国大統領（第三十二代）が一九四四年十一月、科学研究開発局（ＯＳＲＤ）長官であり数学者であるヴァネヴァー・ブッシュにあてた手紙の質問に対し、ブッシュが四五年七月にトルーマン大統領（第三十三代）に提出した報告書。質問は「大戦中に得られた科学知識の拡散《かくさん》をいかにして押し進めるか」「疫《えき》病《びょう》に対していかに科学を推進するか」「公共ならびに個人分野でいかに科学研究を刺激するか」「優秀な科学的才能をいかに伸ばすか」の四つであった。この報告書にしたがって冷戦終了までの合衆国の科学政策が決定された。

部派《ぶは》仏教　釈尊滅後《しゃくそんめつご》百年ころ、仏教教団の中で見解の相違や戒律《かいりつ》をめぐっての争いが生じ、保守的な上座部《じょうざぶ》と進歩的改革派《かいかくは》の大衆《だいしゅ》部《ぶ》に分裂《ぶんれつ》。さらに滅後四百年ころにかけて、約二十の部派が分立した。この時期の仏教を部派仏教という。

プラズマ　正と負に荷電《かでん》した粒子《りゅうし》が混在《こんざい》して自由に運動し、全体的には電気的に中性になっている状態。

ブラフマグプタ　七世紀インドの天文学者、数学者。『ブラフマスプタ・シッダーンタ』を著《あらわ》し、円に内接《ないせつ》する四辺形の面積を求める公式を示すなど、インド数学史上に大きな足跡《そくせき》を残し、八世紀のイスラムの天文学と数学に影響《えいきょう》を与えた。

プランク（一八五八年―一九四七年）　ドイツの理論物理学者。エネルギーが基本単位の整数倍で表されること、すなわち、連続的ではなく不連続である、という仮説《かせつ》を提唱《ていしょう》して量子論《りょうしろん》の道を開いた。ノーベル物理学賞を受賞。

フリードマン（一八八八年―一九二五年）　ロシアの数学者。アインシュタインの重力場《じゅうりょくば》方程式を解き、宇宙は常に膨張《ぼうちょう》か、収縮《しゅうしゅく》か、変化することを明らかにした。その後「ハッブルの法則」が発見され、フリードマンの宇宙モデルは観測的な裏づけを得て、膨張宇宙論が主流となる道を開いた。

ブルーノ（一五四八年―一六〇〇年）　イタリアの哲学者。コペルニクスの宇宙論を研究して、当時の有限的な宇宙に対して無限的宇宙観を立てた。その宇宙は無数のアトム（原子）の集合離散によって成り立っており、宇宙のあらゆるところに内在しつつ支配しているのが神であるという汎神論《はんしんろん》を唱《とな》える。異端審問《いたんしんもん》にかけられて焚刑《ふんけい》に処《しょ》せられた。

プルミアン教授　ケンブリッジ大学の首席《しゅせき》天文学教授のポスト。フレッド・ホイルの前にはハロルド・ジェフリーズ、アーサー・エディントンらが務《つと》めた。

ブレイク（一七五七年―一八二七年）　イギリスの詩人、版画家、画家。人間精神の本性として存在する対立的な状態を幻想的《げんそうてき》に表現して、神話的宇宙の中での調和をめざし、イギリス・ロマン派の先駆《せんく》となるとともに、現代芸術にも影響《えいきょう》をおよぼしている。また、因習的《いんしゅうてき》なものからの解放と自由を情熱的にうたいあげ、強い共感を呼んだ。

フロイト（一八五六年―一九三九年）　ジークムント。オーストリアの精神病理学者。精神分析《ぶんせき》の創始者《そうししゃ》。意識上の事柄は無意識の領域《りょういき》にかつて抑圧《よくあつ》したものによって左右されるとし、その抑圧されたものを意識化することで神経症、精神病の治療《ちりょう》を行う。性衝動《せいしょうどう》に病因を求めるなど、新しい人間観は社会に衝撃《しょうげき》を与えたとともに現代の文明観、思想にも大きな影響《えいきょう》をおよぼしている。

分子遺伝学《いでんがく》　遺伝の仕組みを分子レベルで解明する生物学。

分子生物学　生命現象を分子レベルで研究する生物学。

ベーコン（一五六一年―一六二六年）　イギリスの政治家、哲学者。経験と実験を基《もと》とする帰納法《きのうほう》による自然の認識を提唱《ていしょう》した。

ヘルツ（一八五七年—九四年）　マクスウェルの方程式から、電磁波《でんじは》の存在と、電磁波が光と同じ性質をもつことを実験的に証明。

ベルナール（一八一三年—七八年）　生理学上の数々の業績《ぎょうせき》をあげるとともに、それまでの経験に頼《たよ》ることをもっぱらとしていた医学に実験的方法を導入《どうにゅう》し、科学的医学の樹《じゅ》立《りつ》に貢献《こうけん》。その死にあって、科学者として初めて国葬《こくそう》に遇《ぐう》せられた。著書『実験医学序説《じょせつ》』は、思想界にも多大な影響《えいきょう》をおよぼした。

ペンジアス（一九三三年—）　アメリカの宇宙物理学者、電波天文学者。一九六一年にベル研究所に入り、六五年、同僚のロバート・ウィルソンとともに、通信衛星《えいせい》エコーの電波受信用に開発された最新鋭のアンテナを使って銀河系《ぎんがけい》の電波を調べるため、雑音の電波源を探《さぐ》るなかで、二・七Kの宇宙マイクロ波《は》背景輻射《はいけいふくしゃ》を発見した。七八年にノーベル物理学賞を共同受賞。

ホイーラー（一九一一年—二〇〇八年）　アメリカの物理学者。

ボイジャー1、2号　アメリカの無人惑星探《わくせいたん》査機《さき》。一九七七年八月二十日に2号、同年九月五日に1号が打ち上げられた。1号は、八〇年十一月に土星に接近したあと太陽系を去り、2号は、八九年八月二十五日に海王星《かいおうせい》に最接近し、恒星間《こうせいかん》空間へ向かった。

ホイル（一九一五年—二〇〇一年）　イギリスの天文学者。ウェールズ大学名誉教授、ケンブリッジ大学の天文学教授、理論天文学研究所所長を務《つと》める。一九四八年、ボンディ、ゴールドと定常《ていじょう》宇宙論を発表した。恒星《こうせい》内部の核反応《かくはんのう》などを研究。ユニークな科学啓発書の著述《ちょじゅつ》にも力《ちから》を注《そそ》いだ。

ボーア（一八八五年―一九六二年）デンマークの理論物理学者。原子構造の解明に量子論《りょうしろん》を適用し「ボーア原子模型《もけい》」を提示《ていじ》。排他《はいた》的《てき》である波動性《はどうせい》と粒子性《りゅうしせい》が相補《あいおぎな》うという、相補性原理《そうほせいげんり》を骨格とした量子力学《りきがく》のコペンハーゲン解釈《かいしゃく》の創始《そうし》に中心的役割を果たすなど、現代物理学の基礎《きそ》を築《きず》いた。ノーベル物理学賞を受賞。

ホーソーン（一八〇四年―六四年）複雑な内面的世界をロマン主義的色彩《しきさい》で、象徴的《しょうちょうてき》な手法を駆使《くし》して描《えが》いた。作品に『緋文字《ひもんじ》』など。

ボーム（一九一七年―九二年）デヴィッド。アメリカ・ペンシルベニア州生まれ。量子《りょうし》力学《りきがく》の世界的権威《けんい》であり、ロンドン大学にあって、その「ホロムーブメント理論」などで、ニューサイエンス運動に大きな影響《えいきょう》を及ぼす。著書に『全体性と内蔵秩序《ないぞうちつじょ》』など。

ボーヤイ（一八〇二年―六〇年）ハンガリーの数学者。平行線問題に取り組み、非《ひ》ユークリッド幾何学《きかがく》を発見したロバチェフスキーと同時期、独自に非ユークリッド幾何学を樹立《じゅりつ》した。

北伝《ほくでん》仏教　インド北西部からチベット、中国、朝鮮、日本などに伝わっていった仏教の総称。これに対して、スリランカからミャンマー（ビルマ）、タイ、ラオスなどの東南アジアに広まった仏教を、南伝《なんでん》仏教という。

法華経　紀元五〇年から一五〇年ころにかけて成立したとされる。現存する漢訳本《かんやくぼん》は三種あるが、鳩摩羅什《くまらじゅう》訳の『妙法蓮華経』が最も広く用いられてきており、通常、法華経といえば『妙法蓮華経』をさす。十九世紀以降、ネパール、チベット、中央アジア、カシミールなどで梵本《ぼんぽん》の写本《しゃほん》が発見されている。

ホメオスタシス　生物の体内では、外の環境条件などの変化に対して、体温や血流の状態などを一定に保つ状態、機能がみられるが、それらをさしていう。

『本草《ほんぞう》』『神農本草経《しんのうほんぞうきょう》』。後漢にいたるまでの種々の薬物に関する資料が編集されたもの。中国伝記上の帝王である神農にちなんで名付けられた（神農は百草を嘗《な》めて薬の効果を確かめたという）。中国本草学の基礎《きそ》となる。原本は残っていないが、五〇〇年ころ、陶弘景《とうこうけい》が校定、注釈した『神農本草経集注』によって内容はうかがえる。

ボンディ（一九一九年―二〇〇五年）　オーストリア生まれの数学者、天文学者。ホイル、ゴールドとともに定常《ていじょう》宇宙論を展開した。

梵網経《ぼんもうきょう》　上下二巻。中国・後秦時代の鳩摩羅《くまら》什訳《じゅうやく》。大乗戒《だいじょうかい》を説く経として中国、日本を通じて重要視された。

〈ま行〉

麻黄《まおう》　マオウ科の裸子《らし》植物で、中国北部の原産。漢方《かんぽう》で、茎《くき》を煎《せん》じてせき止め、解熱《げねつ》などに用いる。

牧口常三郎初代会長（一八七一年—一九四四年）創価教育学会を創設《そうせつ》し初代会長を務める。新潟県出身。教育者。『人生地理学』『創価教育学体系』などを著《あらわ》す。日蓮大聖人の精神を守って国家権力の弾圧《だんあつ》を受け、第二次世界大戦中に獄死《ごくし》した。

マクスウェル（一八三一年—七九年）ジェームズ。イギリスの物理学者。「マクスウェルの方程式」を導《みちび》き、電磁気《でんじき》の理論の基礎《きそ》を確立。光も電磁波であるとした。

マクスウェルの方程式　イギリスの物理学者マクスウェルが立てた、電磁場《でんじば》の運動を記述する方程式。電荷《でんか》の位置と運動および境界《きょうかい》条件での電磁場の値《あたい》を与えれば、この方程式から電磁場が決定される。

マズロー（一九〇八年—七〇年）エーブラハム。アメリカの心理学者。精神分析《ぶんせき》と行動主義心理学の欠点を批判《ひはん》した人間尊重の第三の心理学、人間性心理学を唱《とな》え、第四の心理学、トランスパーソナル心理学の先駆《せんく》をなした。著書に『人間性の心理学』『可能性の心理学』など。

末那識《まなしき》　唯識説《ゆいしきせつ》八識のうちの第七識。思量識《しりょうしき》ともいう。根源的《こんげんてき》な心である阿頼耶識《あらやしき》を対象として、それを自我《じが》であると考えて執着《しゅうちゃく》する心のこと。

ミルトン（一六〇八年—七四年）ジョン。イギリスの詩人。シェークスピアに次ぐ作家と評価されている。ピューリタン革命側に立って政治的活動にも激しい情熱を燃やした。作品に、過労による失明のなか口述《こうじゅつ》した『失楽園《しつらくえん》』など。

無我《むが》　すべての存在は永遠不変の実体ではなく、執着《しゅうちゃく》すべきものではないということ。真の在り方は有や無の考え方ではとらえられるものではない、とする。ところが部派《ぶは》仏教では、文字どおり「我が無い」と実体論的にとらえてしまい、煩悩《ぼんのう》の断絶《だんぜつ》から人格の消失《しょうしつ》への方向をたどった。

メンデル（一八二二年―八四年）ヨーハン。オーストリアの植物学者。えんどう豆の交配実験を行い、遺伝《いでん》の法則（メンデルの法則）を発見した。また遺伝をになう因子《いんし》（遺伝子）を証明し、現代遺伝学の基礎《きそ》を築《きず》いた。

目《もく》　生物分類上の一つの段階で、「綱《こう》」の下位、「科」の上位。たとえば、哺乳綱《ほにゅうこう》―霊《れい》長目《ちょうもく》―ヒト科。

モノー（一九一〇年―七六年）パスツール研究所所長などを務《つと》める。ノーベル生理学・医学賞受賞。

モヘンジョ・ダロの遺跡《いせき》　前二三〇〇年―前一八〇〇年ころに栄えたインダス文明の都市遺跡。

〈や行〉

唯識論《ゆいしきろん》　三―四世紀のインドに起こった大乗《だいじょう》思想で、あらゆる現象、存在は「識」によるもの、すなわち心の外に独立して実在するものではなく、心がみずからの働きを、あたかも外界《がいかい》に実在しているように見なしているにすぎないとする。従来《じゆうらい》の六識のほかに、末那識《まなしき》、阿頼耶識《あらやしき》の深層《しんそう》心理を加え考察《こうさつ》した。

ユークリッド幾何学《きかがく》　紀元前三〇〇年ころのギリシャの数学者ユークリッドが打ち立てた幾何学。厳密《げんみつ》な論理的推論《すいろん》にもとづく証明の重要性を指摘《してき》した。

ユーリー（一八九三年―一九八一年）　ハロルド。アメリカの化学物理学者。水素の同位《どうい》体《たい》（重水素）の発見など、多くの元素《げんそ》の同位体分離に成功した。ノーベル化学賞を受賞。

湯川秀樹（一九〇七年―八一年）　理論物理学者。一九三四年、きわめて強い力《ちから》である核《かく》力《りよく》を説明するために、中間子《ちゆうかんし》の存在を予言した中間子理論を発表した。四七年、宇宙線中に中間子が発見され、翌年には人工的につくられて理論の正しさが証明された。四九年のノーベル物理学賞を受賞し、日本初のノーベル賞受賞者となった。

ユング（一八七五年―一九六一年）　カール。スイスの精神医学者。初め、フロイトの精神分析《ぶんせき》に接近したが、後に、無意識に関する独自の研究を深め、分析心理学を確立。「集合的無意識」の概念《がいねん》を提唱《ていしょう》。

〈ら行〉

ライル（一九一八年―八四年）　イギリスの電波天文学者。電波望遠鏡の開発、使用で活躍し、ノーベル物理学賞受賞。

ラザフォード（一八七一年―一九三七年）　イギ

リスの物理学者、化学者。放射線の研究、原子核《げんしかく》の人工破壊《はかい》、原子模型《もけい》の提唱《ていしょう》などで知られる。ノーベル化学賞を受賞。

ラブロック（一九一九年—）著書『ガイア』で、地球は一個の生命体と見なすことができ、個々の生命が存続しうるような固有のシステム機能をもっていることを主張。自然破壊《はかい》が進み、エコロジー運動が盛んになるなかで世界的な話題を呼んだ。「ガイア」とはギリシャ神話の大地の神の名。

リーマン（一八二六年—六六年）ドイツの数学者。非《ひ》ユークリッド幾何学《きかがく》を含《ふく》めて幾何学の新しい研究場面を開いた。また、物理学でも考察《こうさつ》を進めたが、アインシュタインの一般相対性《そうたいせい》理論は、リーマンの幾何学によっている。

『律蔵《りつぞう》』　仏教聖典《せいてん》を三つに分類した三蔵（経蔵、律蔵、論蔵）の一つ。律蔵は戒律《かいりつ》に関する規定や説明。

リプル　一九八九年、ＮＡＳＡが打ち上げた宇宙背景輻射探査衛星《はいけいふくしゃたんさえいせい》ＣＯＢＥ（コービー）により、宇宙マイクロ波《は》背景輻射は、場所によってその温度にわずかなむらがあることが発見された。そのゆらぎをリプルと称している。

量子効果《りょうしこうか》　日常の世界では起こりそうではないが、極微《ごくび》の量子論的世界で生じる現象。たとえば、物質の波動性《はどうせい》や、古典物理学的にはエネルギー的に通り抜けられないはずの障壁《しょうへき》を通り抜けてしまう「トンネル効果」などがある。

量子力学《りょうしりきがく》　二十世紀に入り、分子、原子、素《そ》粒子《りゅうし》などの極微《ごくび》の世界を追究《ついきゅう》するようになって登場した力学。量子力学ではエネルギーを不連続で、ある単位の整数倍の量とするが、その単位となるものを量子という。

六識《ろくしき》・六根《ろっこん》・六境《ろっきょう》　眼《げん》・耳《に》・鼻《び》・舌《ぜっ》・身《しん》・意《い》の六根（感覚器官）が、色《しき》・声《しょう》・香《こう》・味《み》・触《そく》・法《ほう》の六境に縁《えん》して、見（眼識）・聞（耳識）・嗅《きゅう》（鼻識）・味（舌識）・触（身識）・知（意識）の六種の了別作用《りょうべつさよう》（六識）をする。

〔六識〕	〔六根〕	〔六境〕
意識――	意根――	法境
眼識――	眼根――	色境
耳識――	耳根――	声境
鼻識――	鼻根――	香境
舌識――	舌根――	味境
身識――	身根――	触境

ロバチェフスキー（一七九二年―一八五六年）　ロシアの数学者。平行線論の研究を深め、非《ひ》ユークリッド幾《き》何《か》学《がく》を創始《そうし》した一人となった。

〈わ行〉

ワーズワース（一七七〇年―一八五〇年）　ウィリアム。イギリスのロマン派最大の詩人。少年時代に親しんだ湖《こ》水《すい》地方の美しい自然の力《ちから》は、その才能を豊かに開花させる土壌《どじょう》となった。外界《がいかい》としての自然と自己の内面との交流を汎神論的《はんしんろんてき》にうたった。一八四三年、桂冠《けいかん》詩人に。

ワインバーグ（一九三三年―）　アメリカの理論物理学者。研究分野は広く、素粒子《そりゅうし》から宇宙の理論にまでおよぶ。物質間に働く「弱い力《ちから》」の相互作用と電磁《でんじ》的《てき》な力の相互作用を統一する理論を示した。ノーベル物理学賞を受賞。

〈対談者略歴〉

チャンドラ・ウィックラマシンゲ（Chandra Wickramasinghe）
1939年、スリランカに生まれる。コロンボ大学（当時のセイロン大学）、イギリスのケンブリッジ大学数学部卒業。文学修士、哲学博士（Ph.D）、理学博士。「ヴィドヤ・ジョディ」（スリランカの国家栄誉賞）などを受賞。また「ダグ・ハマーショルド科学賞」をホイル博士と共同受賞。イギリス・ウェールズ大学カーディフ・カレッジの学科長を務めた後、同大学の数学部の応用数学・天文学教授として活躍。

池田大作（いけだ　だいさく）
1928年、東京生まれ。創価学会名誉会長。創価学会インタナショナル（SGI）会長。創価大学、アメリカ創価大学、創価学園、民主音楽協会、東京富士美術館、東洋哲学研究所などを創立。国連平和賞。モスクワ大学をはじめ、世界の大学・学術機関から名誉博士・名誉教授の称号。さらに、桂冠詩人・世界民衆詩人の称号、世界桂冠詩人賞など多数受賞。主著に『人間革命』（全12巻）など。

聖教ワイド文庫――045

「宇宙」と「人間」のロマンを語る［上］
――天文学と仏教の対話

発行日　二〇一〇年七月三日
著　者　池田大作
　　　　チャンドラ・ウィックラマシンゲ
発行者　松岡資
発行所　聖教新聞社
〒一六〇-八〇七〇　東京都新宿区信濃町一八
電話〇三-三三五三-六一一一（大代表）
印刷・製本　大日本印刷株式会社

＊

落丁・乱丁本はお取り替えいたします

ISBN978-4-412-01447-3
定価はカバーに表示してあります

聖教ワイド文庫発刊にあたって

一つの世紀を超え、人類は今、新しい世紀の第一歩を踏み出した。これからの百年、いや千年の未来を遠望すれば、今ここに刻まれた一歩のもつ意義は極めて大きい。

戦火に血塗られ、「戦争の世紀」と言われた二十世紀は、多くの教訓を残した。また、物質的な豊かさが人間精神を荒廃に追い込み、あるいは文明の名における環境破壊をはじめ幾多の地球的規模の難問を次々と顕在化させたのも、この二十世紀であった。いずれも人類の存続を脅かす、未曾有の危機的経験であった。言うなれば、そうした歴史の厳しい挑戦を受けて、新しい世紀は第一歩を踏み出したのである。

この新世紀の開幕の本年、人間の機関紙として不断の歩みを続けてきた聖教新聞は創刊五十周年を迎えた。そして、その発展のなかで誕生した聖教文庫は一九七一年(昭和四十六年)四月に第一冊を発行して以来三十年、東洋の英知の結晶である仏教の精神を現代に蘇らせることを主な編集方針として、二百冊を超える良書を世に送り出してきた。

そこで、こうした歴史の節目に当たり、聖教文庫は装いを一新し、聖教ワイド文庫として新出発を期すことになった。今回、新たに発行する聖教ワイド文庫は、従来の文庫本の特性をさらに生かし、より親しみやすく、より読みやすくするために、活字を大きくすることにした。

昨今、情報伝達技術の進歩には、眼を見張るものがある。「IT革命」と称されるように、それはまさに革命的変化で、大量の情報が瞬時に、それも世界同時的に発・受信が可能となった。こうした技術の進歩は、人類相互の知的欲求を満たすうえでも、今後ますます大きな意味をもってくるだろう。しかし同時に、「書物を読む」という人間の精神や人格を高める知的営為の醍醐味には計り知れないものがあり、情報伝達の手段が多様化すればするほど、その需要性は顕著に意識されてくると思われる。

聖教ワイド文庫は、そうした精神の糧となる良書を収録し、人類が直面する困難の真っ只中にあって、正しく、かつ持続的に思索し、「人間主義の世紀」の潮流を拓いていこうとする同時代人へ、勇気と希望の贈り物を提供し続けることを、永遠の事業として取り組んでいきたい。

二〇〇一年十一月

聖教新聞社